U0092889

精靈の足跡

游於藝

卓子瑛・著

作者序

　　2006年一個偶然的機會裡，我投入花藝創作，從東洋花與西洋花不同韻致的學習歷程中，開啟了自己的美感潛能。

　　「精靈的足跡」是第二次花藝作品展，第一次展覽名曰「生命的藝術」。在兩次展覽籌備工作中，除了負責文宣撰稿，還負責替參展作品命名，在命名的過程中意外地發現了自己的美感直覺，我竟然能感知作品內在精神，準確的命中作品的內在意涵，這是不學而能的天賦，老來方知。

　　這個發覺使我確信人有無限可能，只是有待啟發。或許經驗的累積也是啟發潛在能力的一種方式，在累積人生閱歷的同時，也增強了對事物的感知能力，這樣經年累月的蓄積，自然而然的就能引發內在潛力。

　　這本書裡除了收集視覺美感經驗的文章，也累積了一些飲食味覺經驗。寫飲食的動機多半來自於對父母的思念，記憶裡家人的言笑譽欬是伴著餐桌而來的，吃飯是最溫馨的兒時印象，母親總是能在艱困的歲月裡以美味的川菜豐富物質上的貧乏，讓我們忘記生活中時有的拮据。而今父母皆已作古，昔時承歡膝下時又疏懶未習得烹飪真傳，僅能憑味蕾記憶率爾操觚，實在有愧先人。想著並不是要出專業食譜，只是個人廚藝心得分享，也就釋然了。

　　我如果偏愛這本書，乃是它記錄了一路來心神的依託，我從花藝、廚藝、園藝的寄託裡超脫現實中種種困境與挫敗，這也是我思之頗為自豪而可以分享的經驗，不憚膚淺，於此就教方家。

2009歲次己丑識於台中梧棲

精靈的 足跡

contents

飲食

旅行

校友

畫展

電影

花
藝

花魂

　　秋颱過後，陽台眾花衰敗之象，因為手膀痠痛未能即時整理，素愛蒔花的習性也懶怠了，偶爾敞開後門，見一片荒蕪中仍有兩串粉色的蘭花迎風招颺，卻也懶得理睬，想它熬不過三五日必與眾花同朽，何需費心？轉眼月餘，其間門開千回依舊無心理會，總以為凋謝在即。

　　今日在瑟瑟海風狂吼中敞開後門，驚見粉色花串依舊豔麗，甚且旁出枝椏，新生花苞。被它頑強的生命力感動了，顧不得手膀痠痛，立刻在夕陽餘暉中挽袖清出一方淨地，並將殘花敗土色色搬運到樓下。為自己的怠慢慚愧，面對餐風飲露的蘭花心生歉疚，花若有魂花亦哭，哭不識花中君子。今日方悟，蘭乃傲然群倫，不與眾花同朽之君子也。

《13，9月，2006》
花趣

一個禮拜一盆花藝作品，覺得在學校賞花的時間多些，就捧到辦公室裡擺在右手邊的櫃子上獨美其美。

辦公桌前一盆綠樹，樹底結滿了一簇簇紅豔豔的小果實，偶而也被我取作補  空的花材。美麗的玫瑰總是早早的凋萎，紅色的小果粒就取而代之，冷冷的美艷頓時樸實起來。萬物就這樣各自表述，各具不同的風韻存在著，看在眼裡也各有其可憐愛處。冷艷是驚喜，可以捧在手掌心憐惜；樸實是雋永，堪耐細細品味。

花藝脫離不了手工藝，把玩之間再加上個人創意，總是藝在意中，意中有藝，顯然我的所長就是在於「玩藝」，所謂「游於藝」之今義也。

藝可玩而意不可玩，意在言外，所謂心領神會是也。

《26，5月，2006》
玉樹臨風

　　為了找一種感覺，捧著心愛的花器尋花藝老師，想重新打點這盆「玉樹臨風」，這是一年前得著的美好的感覺的盆景。

　　之前取畫送畫行經沙鹿斗潭路，看到「靖淇的店」，想哪天來整理這盆「臨風已不見玉樹」的殘敗盆景。每日下班回家，習慣搜索蝸居的美感，目落「玉樹臨風」總覺不足，盆中花草多已凋零，卻極不捨白色長方花器。想當初是以花器美好中選，看今日能不能再重現當年風采？

　　上週日得空往訪靖淇的店，說明來意後趁便寒暄。侃侃而談的尤老師有一股從容不迫的優雅，對美感藝術有些許不悔的執著，成立一個基金會辦理藝術講座。想想自己的不足，當下就決定拜師學藝，總算有餘力能在尋常生活外奢侈的妝點人生，以後每週四就來靖淇的店報到。

　　搬回打點好的盆景，美則美矣，卻不是我要的感覺，也許有一天學成，再一點一滴慢慢的找回……存在心裡的玉樹臨風……美好的感覺。

《06，11月，2006》
繁花

一蕊蕊粉開的蘭在夜空裡恣意盛放，繁花是天使，是救贖……

這樣的一串蘭，在白天裡乖乖向陽吸取養分，一點也不打擾分身乏術的主人，自顧自地悄悄在陽台燦爛著。我總是在沮喪的時候想起還有一簇美麗，一簇無聲無息可依賴的花容，只要推開一扇門就得救了。

再靠近一點拍，花容依舊，只是佔的版面多了，美得就更真切、更引人了。

引人是罪惡嗎？

花藝課的作品也是救人的天使。我把黑藤條彎成婆娑的舞姿，在層花裡流轉婀娜的風情，點綴是畫龍點睛不是喧賓奪主，把花襯得更美了。

該歇了該歇了，收起殘喘的心意，在繁花裡尋一方淨地隱居。

《12，11月，2006》
花誌

　　無所為而為的美是最美，因為是僅僅的單純的美。

　　一日一日的紀錄花容，是心裡單純的無所為而為，沒有任何目的的簡單的嗜好，有一絲絲逃離塵囂的喜悅，逃脫數據的量化的夢魘，沒有什麼數字可以丈量心底深邃的豐盈，足以排山倒海抵擋錯亂的豐盈。

　　群花爭豔，不數日已繁衍成海，在方窗外疏影橫斜。

　　最豐盈的一簇是群花的焦點，忍不住想靠得近點，在最美的當下紀錄永恆，紀念一次曾經。

　　碩士班裡秦院長要求服裝，想來該取法花容，在眾生腦海裡印下深刻的美好，也是視覺的救贖。人應該被教育適度的視覺尊重，尊重人人皆有視覺讀美的權利。

《29，10月，2006》

生命藝術

靖淇的店在光田醫院長青院區展覽，這裡住著垂暮老人，靜靜的伴守著大廳的花藝……

彷彿互相依偎著密不可宣的心事，在沙鹿熱鬧的市集裡悄悄交換心得。

花藝課啟發了我對藝術作品感知的能力，主要起因於尤老師要我為展出的每件作品取名字，然後我才知道作品與我是靈犀相通的。

到了展覽現場，陳列著的作品們爭先恐後的告訴我他們的名字，我三分鐘就取好了。

這件綠柱白花黑手的作品叫做「歡迎光臨」他有敞開的心胸喜歡接納別人。

這顆樹上面墜著亮晶晶的珠花叫做「美夢成真」是一個有夢有希望的人。但是同樣的材質若是結構不同則大異其趣。

另外一位學姊用相同的材質造了一個堅固的結構我取名「閨怨」，珠花綴在錯綜糾纏的枝椏間像個幽怨的貴婦，老師說放個閃亮的球能解怨嗎？我說那是坐實了「禁錮」，當時我人已在台北，今天回到現場看到一顆閃亮的球卡在裡面，很想把它拿出來，閃亮被禁錮是悲慘的。老師還真的改名叫「禁錮」，這個被禁錮的學姊想飛⋯⋯

我為她取名「九霄雲外」，她背著圓圓的夢想從牢籠裡飛了。

一座好老好老的樹根架著新穎的尖銳三角串，我取名「談判」，這個學姐說我看到她的心，她正想和他父親談判，我很想跟她說不會有什麼結果，因為三角串要靠老樹根取得平衡。

這個學姐打造的是溫馨的宅院，我取名「冬戀」，枯樹是冬，兩個圓環是戀人，垂掛的球是溫暖的燈，作品如人婉約溫和。

　　糾在一起好辛苦好費力啊好辛酸的構圖，我取名「奮鬥」，比角力多一點心酸。

　　據說這是我的作品，我取名「問」，因為我知道你會問這是什麼？「問」啊！

　　好好奇呀！伸長著脖子，就取名「試探」吧。

　　老師的作品，自然未經雕塑的原木卻自成圖像，就是「源」，一切的起源。

　　展出一個月，有空去現場看看吧，在光田醫院後面的養老院裡。

精靈的足跡

　　繼「生命藝術」以自然材質展出之後，靖淇工作室師生又推出以異材質為創作主軸的花藝展。

　　我為這次展出主題命名為「精靈的足跡」。

　　「當精靈走過　灑落一地的金銀銅鐵錫……我們一件一件的掇拾拆解　愛惜著遺落人間的珍貴智慧　把它妝點成花藝中的另類作品　這些隱藏在生活裡的異材質　迫不及待的展現著它們的優美　似乎是向你示意　生活中的每一個角落　都找得到　精靈留在人間的寶藏」。

　　尤老師來電要文案，我問她想要表現什麼？「要用異材質表現科技的現代的」。科技現代與花藝結合的美，我夢幻中的精靈立刻跳出來應徵，就是這樣了，精靈的太空船墜落地球造就了豐富的礦藏……人們拿來做各種用具……然後丟棄……然後我們撿來造一些美美的作品……我徜徉在編織的夢裡信手拈來，匆匆完成以上的文案。

　　這一件作品取名「遊戲人間」，閃亮的冷冷的效果極有現代感，像是頑皮精靈的遊樂場。這位

學姊很有創作張力，同時展出另一件風格迥異的作品……

兩個半圓像是促膝談心的意象，綴以水果營造了溫馨的午茶約會，看來就是「心心相印」。「遊戲人間」只是藏在心裡的頑皮，很孩子氣的可愛。

海龍王的城堡嗎？學姐說她是想表現海的意像，看得出來是她心裡牢牢的夢卻很難實現，或許只是幻覺……「海市蜃樓」如何？她頻頻點頭，很喜歡這個名字。

這個希臘風格的作品，在極不規則的組合裡透露了一點點訊息，我看到一個眺望的形象。在創作的過程裡老師執意要作者打破形象，這是很難的，任何抽象都擺脫不掉人的心象，我從這個角度看到作者心裡有人，於是取名「渴望」。

我最喜歡這件作品，紅紗、高台、面具組成的「紅樓夢」，展現了源源不斷的澎湃的創作潛能。紅色象徵生命力，高台是「獨上高樓望盡天涯路」，面具是多變的夢，輕紗垂落

一地的飄紗神秘……我近乎崇拜的欣賞著。

　　這個皺巴巴的烏黑作品是我的。創作之初老師問我喜歡什麼材質，我說喜歡冷冷的，老師就給了一塊灰撲撲黑鴉鴉的錫，要我塑成包子一樣的皺摺。我這二兩力氣感覺被虐待，手膀痛到打賴在家不去上課，學姐看不下去了，就七手八腳的幫忙完成。好醜的黑怪，老師建議綴五片火鶴，更是醜呆了，看了半天一點也不知這個醜東西叫什麼名字。「紅樓夢」的學姐建議我換花，我就換了這束孤挺，修飾成我要的樣子，再把紅色線條調到滿意的角度，我知道它叫什麼名字了，就是「孤芳」。

　　作品展到96年1月31日，仍是在光田醫院的長青院區，還會陸續有新作品上場，老師的大作壓軸，已命名「春鬧」，年節氣氛足，可期待。

▌04,1月,2007▐
井然有序

　　人的井然有序是簡單的美，花的井然有序……也是簡單的美。

　　整齊排列往往等同呆板，總是被浪漫主義者鄙棄。今天的心有一點點嚴謹，就挑了幾朵紅豔豔的大理花與雲南菊兀自排列著。老師不時探頭問我在玩什麼？「我也不知，只是喜歡大塊的紅，想這樣排著」。老師遞過來幾枝輕巧的蕾絲花，我就把它高高低低的整齊排列著。「你知你在玩的是什麼嗎？」「不知」「這就是花的排列組合」，真是無心插柳，原來花中也有排列美。其實我只是喜歡大理花的紅，想把它鋪排成這樣，像一畦井然有序的花圃。

井然有序是不拖延不偷懶的嚴謹。生活井然有序就能避免匆促倉皇，做事井然有序就不致於丟三落四。知道井然有序的好處，卻總會輕易原諒自己的偷懶，然後就落入親切的凌亂中找不到東西。所以井然有序是可訓練的，從明天開始，「明日復明日，明日何其多」？不從今天開始，似乎是捨不得那一點點自由自在小小的耍賴。

《03，2月，2007》
花容

　　斑紅、粉橘、鵝黃的蘭株從田尾移駕到蝸居，我興高采烈的打點著花容，想把它們裝飾到最美的狀態。

　　四枝單株的斑紅是萬紅叢中特殊的紅，頗能滿足咱家「與眾不同」的心理需求，然後就這麼一以貫之的再各挑選兩株罕見的粉橘與鵝黃，分別以不同的花器裝點成4盆花容。

　　花藝課裡打造的簡易容器，適合單單一株蘭的歸宿，以加工的藤環化單調為簡約，延續著「與眾不同」的精神風貌，似乎只有淡淡的黃色能詮釋。

　　放在白色的容器裡則是不同的姿容，必須搭配小品盆栽增其繁複。這方花器已保有兩年了，盆中花容汰舊換新多次，曾試圖

換回兩年前的原作風貌，卻總也找不齊原有的花材，只能在創意裡尋找感覺了。

　　粉橘一株發三枝，黃金葛的舞姿增其生動，罕見的色調是優勢，顯得花容柔美。別具特色似乎是生存上的律定優勢。

　　四株斑紅簇擁著登場，以多取勝也是競爭的優勢，而肥厚的葉瓣則是生存優勢。這一盆是最後完工的，因為花器太大花容清瘦，幾番著手的當下好生遲疑，補空的小品換了兩回才勉強成型，暫措於小茶几上。

　　花容勾魂引魄的掌控心神，在組合的過程裡逐漸忘卻塵囂紛擾，以不理不睬處理難釋懷的屈辱有多久了？試圖在花容裡尋一方避難的田地，尋思人性表裡不一的道德層次之原形。也罷！不過層次不同而已。

《24，3月，2007》
東洋花

東洋花簡單的線條勾勒出清雅脫俗的姿態深深吸引著我，看著手中花團錦簇的西洋花跟老師說：我要學東洋花。

凡事簡單多半單調而失其美，而東洋花卻在表現簡單的美，在簡單中造美需要感覺、品味。我拿起一株半身高的吉野櫻，定睛的看著要怎麼塑它的身段，要捨去哪些枝椏成就花姿？我一椏一椏的捨，不能有側枝，最難的就是捨側枝，得看準捨後的美，美在有身段表情。學姊常常考我「這兩枝你要捨哪一枝」「左邊這枝」「為什麼」「太直太硬沒有美感」。

東洋花裡藏著「捨」的哲學，我慢悠悠的體會著，腦海閃過枝椏伸展的舞姿，手隨意起，穩穩的固定在劍山上。再揀一束清瘦的紫色大飛燕敧斜著與它對話，舞韻的喜悅在心裡舒展著，這一點小小的滿足足以撫平心裡深纏的抑鬱，總是這樣釋放受傷的情懷……

汎游過人生的驚滔駭浪，想能不能有一點點簡單的美？不必再擔重的一點點簡單的擁有？

蘭心

　　粉粉的蘭靜悄悄的艷艷開著，把它掛在壁上妝點門面，醒一醒家來的疲憊。

　　賞心悅目的美是心底不移的追求，不單單只是形象，形象易生易滅，終極的美是內在蘊藏的質的外顯。你要懂得欣賞抽象的神韻，才能建立豐盈的內心世界，才懂得偶爾一點點自由的推擠是人性自然的適愜，是不需在意的模糊地帶。

　　蘭花靜悄悄的美著，無可避免的會吸引人，喜歡就捧著家來珍惜，一季一季的展現丰姿神韻。只在後陽台兀自美麗是暴殄天物，總忍不住要提到前面來妝點門面，路過的鄰居不免好奇的駐足探問主人何許人也？就這樣頗是靦腆的沾了花容之光。

　　蘭花有沒有季節性呢？從年前到現在總是此落彼起的開著，似乎在宣示著永恆的美，沒有季節，不論地點的美著。細細的品味自然天成的花容神韻，像是領悟了什麼，好一個自然天成，豈是物物可有人人可得？

◀06,5月,2007▶
石榴花開

校園裡兩株紅豔的石榴欹斜的倚在北側門水池邊的石壁上，從來也不在意它們這樣倚立了多久，似乎本來就是應該杵在那裡的風景。

近日不覺對這校園生出眷戀之心，30年了從來不曾仔仔細細的瀏覽，足跡總是反覆印在辦公室到教室的路徑上，偶爾被阿勃勒與紫薇的花穗吸引，也不過停佇三五分鐘又匆匆離去，並不在意花開花落或季節的遞嬗，日子就這樣無聲無息的流逝了。

這麼些年的注意力都擺在哪裡呢？此時此刻竟覺萬分依戀，拿起隨身帶著的相機，想把這些平日忽略的風景捕捉在記憶裡回味。這天巧遇校工修剪石榴樹，散落一地的石榴枝椏掀起了玩賞的花心，隨手撿幾椏玩玩花藝。

石榴枝椏的身段是極柔軟的，隨順著它的生性彎成瓶插擺在辦公室裡。石榴花大剌剌的紅著，毫不謙讓的宣示著它的美豔，美得讓人難以置信的頻頻垂問「這是真的嗎？」顯然大家都不以為石榴花會這樣的美，似乎很難跟北側門叢生的樹身聯想在一

起。定睛的賞著瓶插的花容，想著這一彎柔美究竟能豢養多久呢？

揀一株家來玩賞，石榴也能這樣的美著。極喜歡隨順自然的感覺，石榴柔軟的身段恰能詮釋，只要修一修側枝信手插來便成，或垂或立悉隨花性，不需矯揉造作即能自成其美。

石榴花開花落的張羅著北側門的風景，我流連在池邊記錄一段生涯，水中悠遊的魚哪裡懂得池畔人心的倉皇，生命總是這麼義無反顧的詮釋嗎？

【07，9月，2007】
如意

　　本來擺在辦公桌右上角自備的印表機壞了，索性撤了另再擺設一方如意……

　　久不玩花藝了，昨晚把這一只湛藍的花器翻撿出來想重新妝點辦公空間，看能不能在雜亂中經營一方小小的如意。可巧兒子日前捎回一版「如意」字畫，就著校園現有的軟枝黃蟬及垂穗的紫藤碎花，勉強圈出小小的賞心悅目。入鏡前暫把對座的書架遮掩一番，營造一個假象的永恆，入鏡成畫就得入眼，否則最後也會視為失敗的作品刪了。其實並不滿意，想想算了，已是最大的可能了，在團體中太立異是不被接納的。

軟枝黃蟬黃艷艷的在校園宣示毒毒的美，有毒的花往往被告誡不能攀折，因此而能自在的自開自落，兀自在紅花群中突顯獨特的鮮黃。最美的黃花攀掩成一簇花棚，閒閒的蔭翼著石桌石椅，偶爾在花棚下歇神，睇視著不遠處的阿勃勒，當垂墜的黃花一束束的招展時，也是樹身最美的姿容。

　　侷促的辦公空間很容易讓人想起劉禹錫的陋室銘：「山不在高有仙則名，水不在深有龍則靈，斯是陋室惟吾德馨……」德不德實難為言，姑以香花郁草掩人鼻息，以抵為德不卒之憾。想想人不過但求心安，心安則理得，理得則如意雖不至亦不遠矣！你，心安嗎？

【23，9月，2007】
寶之林創意坊

　　如果不是送作品去參展，是不會有興致這樣千里迢迢的往返……

　　在千絲萬縷的紛亂之中，花藝課是首先被荒蕪的，尤其近日想著節衣、縮食、省花藝，看能不能打平大幅驟減的收入。不想尤老師三番兩次來電要文案，還力邀參展，在女兒的鼓勵下又一次靦腆的假裝藝術家，不學無術的跟著人家玩創意。然後方知台中環保局有這麼一處創意坊及二手家具拍賣場，閒來是可以逛逛的。

　　09/21尤老師來電邀作品，想著舊作已矣，臨時能出什麼新作呢？老師說材料有現成的隨我挑揀，這次展出的風格仍然是延續以往的環保意識，利用枯枝敗葉等廢棄物創作。當晚在老師的工作室裏，盯著一叢烏褐的棕梠枝幹及幾片枝葉，想著把它們染成

白色……看著身旁一彎棕梠葉像極了仰面的女體，與手中削得尖銳的枝幹連成一幅動心的圖像……「我要做心痛的感覺」。

利用三個下班後的晚上完成作品，昨日送到展場，創作坊的林老師垂問作品涵義，「利箭穿心、淚流成河」。林老師說感覺得到心痛，立刻幫著看最適位置，怕小孩子參觀時好奇扯壞眼淚，架高了又沒成河的感覺，還是原先我放的位置最好，是不是受我解說的影響呢？二人就這樣琢磨著擺放，最後決定讓大地承接潰堤的黃河吧！

「妳是怎麼創作呢？」「看身邊有什麼素材。」「不是先有構想啊？」「如果這樣通常是找不到素材的，構想總是比較理想，找素材需要時間，必須專業……」邊說邊想著單是營造淚流成河就拆過重作，起先是用麻繩染白漆，待乾了竟硬澀澀的感覺流不出淚來，沒有成河的柔軟，立刻剪了另找素材，老師丟過來一綑晶瑩剔透的塑膠繩，總算能柔軟的垂地，讓淚水縱橫四散的鋪灑在地上……

「妳以後要買個大房子來放你的作品……待我去花蓮隱居後妳一年來創作一個……」老師這麼說著，我心中卻有幾分迷惘，這個人生是怎麼回事呢？莫非我還可以填第二志願？當第一志願達不成的時候還可如詩人王維「行到水窮處，坐看雲起時」，轉個彎「柳暗花明又一村」？

【16，4月，2008】
賞心

　　自從停了花藝課，就鮮少在花叢裡打轉，僅偶爾敞開陽台覷
一覷蘭花開了沒，看著空蕪的花盆，想著是不是該添一些錦繡的
草花⋯⋯

　　還是先收拾已綻放的蘭，這些花是去年過年遺下的，隨意擱
在陽台，不怎麼經心的養著，待蕊蕊的花依時開了，才懊惱沒好
生照料，否則花瓣當更紅豔。

　　三株蘭搭幾個小品湊成一籃，擺在辦公室身後的矮櫃上，一
日總要回顧幾遍：看著新綻的花朵，賞著彎彎垂落的長春藤，極喜
愛的是鳳梨花以及後方如劍鋏的國蘭，神來般的襯托著蕊蕊花瓣。

這盆蘭在陽台醞釀很久了，慢慢的等著黃花悠悠綻放到一個程度再捧到室內。可蝸居的茶几一個踞著一架子紅酒，一個蹲著一提籃糖果餅乾，竟是居以食為先，最後還是捧到辦公室，拘在角落裡賞心悅目。給自己一個視覺與心覺的落點，偶爾凝神放空，瞥然晦黯的心思於焉明朗。

　　該去添一些小品，養著好搭配隨時綻放的蘭……

【06，5月，2008】
尋花

　　下雨了，據說要連綿數日，此刻正宜蒔花植樹，讓豐沛的雨量自然長養花木。

　　心下毋寧是喜悅的，暫捨勞形之案牘緩緩驅車至大雅花市。先撿幾盆錦繡的草花打點空蕪的陽台，改天再尋幾味香草或耐看的盆栽……蕊蕊繽紛的蘭花在視線餘光裡搖曳，惹得我往返留連不忍驟離，「三盆兩百」！年下買花一盆就兩百，想著是否此刻買來養著，待來年正好趕上年下裝籃，可免千里奔波田尾尋花的勞神。

　　經濟不景氣的現象也反映在花市上，裝花的籃子愈來愈小

了，小到只能裝一盆蘭花，這樣送人太也寒酸，連田尾也找不到可裝三盆的藍子，最後還是在大雅一家新開的花店勉強找著兩籃。花籃小不得卻也不宜太大，大則失其雅，失雅則難為美。

先撿三盆盛放的蘭，就著家裡現有的籃子裝一籃，側身擠在放糖果餅乾的几上，戀戀的拍下美姿花容，改天再去尋幾株不同的繁花為伴。

辦公室的蘭花也蕊蕊盛放，吸引著老師紛紛談論花事：菁琰從家裡剪了兩株香氣濃郁的雞蛋花插瓶、淑暖捧著迷你蘭花問長養的方法、貴芬搬來綠油油的鐵線蕨……我桌前身後美美的蘭啊！更是我安定心神的依恃，我興致盎然的講著花經，日子就一時一刻點點滴滴的累積著喜悅……今日尤喜，喜雨喜花喜不可知的未來，小酒以慶……

《22，5月，2008》
花價

如果我跟你說這樣一籃鋪天蓋地大剌剌的花的成本，你還會去花市買花嗎？

會！因為必須，需要往往是不惜成本的前提。

花市也有淡季與旺季之分，目前正是花市的淡季，所以可買到三盆200的蘭花，旁邊搭的三盆草花一盆20，背後襯的雜草一樣的液唇蘭120，這一籃花的花材是380，擺在花市1200起跳。裝花的大籃子在花市已絕跡了，這是N年前留下的舊物，可喜還留著，剛好妝點這三盆大剌剌的蝴蝶蘭。

裝花是很費神的，要將花不同的生長面向擺佈得相同，需費神的喬角度，太不聽話的花就得用細鐵絲固定，搭什麼草花也要湊合好幾回才就緒，有時一個晚上只能裝一籃，往往是裝好了看著不對勁又重裝，感覺不對是不會收工的。所以，花市的花貴不

是沒有道理的。所以，既然貴了就要買有設計感的花。所以，你還是會去選一盆你喜歡的花，雖然它貴了一點。

背景的液唇蘭是蘭花中的異數，它被花商隨意擱在邊邊，要蹲下身來才會看見它開在莖底的碎花，它通常被花商分成單株搭配其他的蘭花，可成單了就不開花了。細細觀察它的生長序，必須二或三莖同生才會開花，待花期過後再這樣分盆，當是易於繁衍的。

喜花是家居的閑情，閑情是生活的調劑，調劑是平衡，平衡是生存的方式。是故十八般武藝不必為謀生而備，卻無畏於無以為生；或許自給自足無求於市，卻無礙於市場機制之自由運作，不過小眾自然生態罷了，無妨。

◀10，6月，2008▶

花季

　　六月是畢業的季節，也是切花市場的旺季，一捧一捧的鮮花，束在過度包裝的彩衣裡，誇張了它短暫的豔麗。

　　一束捧花卸除包裝後可分插在兩個花瓶裡，桔梗花娟秀的白紫相間，適合單純的獨自存在，無需枝葉襯托。香氣濃郁的香水百合，大大的適於呼朋引伴，裝飾得愈繁複愈顯其美，不過也要恰當，大片綠葉就捨棄了兩葉，過於擁擠是視覺的負擔。

　　其實切花本身就是一種負擔，捧回家來得有花器相容，花器有限無法容納所有花材，未安頓就先遭棄，未棄的瓶插也撐不過一週就凋萎了無法再生，短暫的美艷是傷感的負擔，沒有期待沒有希望的傷感。

切花的美只是博人短暫的喜悅，失根的美艷凋謝了就不能重生，不若蘭花修剪後還能養著期待下一次花開，是有希望的存在。今日未棄的切花，總躲不過明日的凋謝，「明日黃花蝶也愁」，豈止觸景傷情的人愁？

　　人，是短暫的切花還是有希望的蘭花？之於轉瞬的有生之年，則與切花何異？

◀12，6月，2008▶

惜花

　　今日進辦公室，看到一束捧花荒置著沒有歸宿，不禁心生憐惜，立即返家找來相容的花器，拆解重組費了一個小時，才妝點出這盆秘密花園。

　　千惠見我在打點，又送過來一捧，兩束花拆解後可用的花材並不多，淘汰掉的多於選用的。首先被淘汰的是桔梗，因為它最多只有兩天的壽命，即使今日完好，隔日必花容慘然，是群花中衰敗得最迅速的。菊科花族是最耐久的，然最受歡迎的是香水百合，又香又美又耐久開。我細細的挑揀著，也喋喋的可惜著荒置了兩天而香消玉殞的花材。

從花材看得出買花的人很用心，蓮蓬、針松、太陽花的組合是要送給男老師的，殊不知男老師普遍對花沒有感覺，其實男人捧著花走在大街上也怪彆扭的不對味。送花，也有尷尬的時候。

　　頑皮的貴芬把秘密花園裡的花材都冠上老師的名字，以花材的高度對比身高，由左後往右前依序是濤鈞、子瑛、朝淵、郁心、翠縷、菁琰、貴芬……彷彿欽點著大觀園裡的十二金釵……

　　你看得出這些花在互相對話嗎？這是花藝老師教的插花心覺，花間的和諧互動一如人際，以著這樣的感覺打點花材，花就生動靈活了。每每專注於花中神韻，時間就忽焉驟逝，轉瞬一節課的鐘聲響起，陸陸續續的讚嘆聲此起彼落……

◖10，10月，2008◗
花架

　　陽台的野餐桌年久龜裂了，就起意重整陽台格局，把破敗的桌椅、過剩的塑膠花盆清除。去年從B&Q鋸回來的木料，風吹雨打的擱在陽台已成古物，趁便打整出來，於是去五金行買水泥鋼釘，想著釘兩壁花架、一窗木櫺，搭掛擺設心裡的圖像。就這樣利用兩個下班的晚上，使盡了二兩力氣，敲敲打打的槌釘了三方夢幻花架。

　　一架長養蘭草，一架垂吊小品。下班後去惠文花市買軟鐵線，繞著盆花圈成可垂掛的鉤環，省了買大小吊籃的麻煩。一盆盆的小品盛著成長的夢，最戀著的是紗葉一樣的文竹，想著垂地

蓬鬆的枝葉，是一捧來不及實現的夢境。夜幕把對面樓房漆成一致的黑，襯托出窗櫺單純的美，原來黑夜也是攝影的背景，只要按下鎂光燈，它就給一個單一的黑色。我因此更戀著這窗木櫺了，窗前五味雜陳的擺著辣椒、香椿、芙蓉，它們都是觀賞、料理兼可的植物，店主人正經八百的說：「本草綱目裡芙蓉是可入藥的。」我則是隨意摘幾葉加在蛋花裡料理，香椿也是，還可以拌皮蛋豆腐呢。

　　一方一方的木格子，其實是設計給九重葛攀爬的，明年此時窗櫺的景觀就花葉扶疏了，只是擔心二兩力氣槌出來的窗櫺耐不耐颱風的摧殘，扶疏的九重葛會加速窗櫺的傾倒呢還是緊箍著屹立不搖？受風面積大就易傾倒，那我就要控制九重葛不任意延伸，僅讓它攀成一彎月牙，垂生成花窗的拱門，牢牢的護著木櫺不讓倒，然後我就成了花奴，不時伺候著修剪九重葛。

　　人總是不經意的為奴，為時間所奴、為工作所奴、為寵愛所奴，甚或為無形的制約所奴。舉凡所奴於今義為有所愛戀，放不下人、事、物，甘願為奴，美在一個甘願，伺候也不為苦了。

門庭

◀15，12月，2008▶

　　門庭是回到家第一個視覺落點，我愛美的生性自是不放過這一方空間，總是不時的打點更新，以維繫心下小小的喜悅，足不出戶的時候就陽台坐坐、門庭站站，在小小的空間搜集視覺美感。

　　今日風吼入夜方歇，陽台無法久駐，就打點門庭凹抱處圓桌上的風景，加一盆虎皮蘭襯著早先布置的檯面。這方玻璃圓桌正好可以放一些我的勞作藝品，枯木花架與玻璃板下的黑石是花藝課的作品，磚雕是參觀灣麗磚窯自刻的門牌，荷葉盤上蹲著的青蛙與黃金葛花瓶，是早年去添興窯捏的陶藝。鐵門上的聖誕裝飾是去年做的，壁上掛的竹燈籠，則是四年前遊竹山做的。林林總

總的小玩藝妝點著門庭，彷彿在為自己開一個作品展，吸引著路過的鄰居側目。

　　無可救藥的愛美波及生活，門庭陽台就自然成了可作為處，不時的更新擺設。最難將息的是易開易謝的草花，不知耗去多少精神，卻總是貪戀繽紛盛放的色彩不捨放棄，就這樣日日為奴而不為苦，生活裡總要有些專注的執著，以持續詮釋著何謂永恆。

◀20,12月,2008▶
醞釀

　　艷紅的朝天椒是我最愛的盆栽，不但是廚房必備佐料，還極為賞心悅目，自然就精心照顧著，不時用碎蛋殼養護。辣椒成熟之前有一段醞釀期，轉紅之前是白色，上次採收在十月底，採收後很快又再度開花，結成一簇簇白色的果實。由白轉紅足足等了將近兩個月，才見三兩隻依依染紅，我耐心的順著風起風落把它移到最適位置，要曬一點太陽，又不能被風摧毀，就這樣從台沿移到地板，再移到有遮擋有陽光的台面，朝天椒旁邊的香草小品，是另一方鍾愛的廚房園藝，依序為檸檬馬鞭草、百里香、迷迭香、薰衣草、薄荷、香蜂。以往養香草總是貪心的移植到大盆，卻又忙得忘了澆水養護，然後就瞬間枯死了。現在小盆的養著，萬一疏忽了還救得回來。香草只宜半日照，枯了趕緊離日加水，在陰涼處長養，等長出綠葉再小曬太陽，香草還有發展的空間，改天再釘一壁花架專養香草。

　　趁著風歇的好天氣，把盆栽搬上台沿取日，國蘭已綻放著小碎花，右旁兩株沙漠玫瑰賈張著綠葉，卻只一味的汲取陽光遲遲不綻紅花，這兩株盆花極具個性，家來一週內迅速凋花落葉，枯竭著枝幹不發一芽，我不時施放碎蛋殼，三天兩頭的掌握、對話、灌溉、向陽，奇蹟式的枝幹綠了，葉子發了，現在就等著家來時樹身上大朵的紅花綻放，還得醞釀多久呢？

我的花園王國奠基於蘭草，蘭草亦是需長時間醞釀的美物，在蘭草醞釀的盆中總會迅速的蔓生三葉草，還精巧的開著鮮黃的小花，乍看不免幾分驚心的喜悅，幾乎要感謝它適時妝點了蘭草醞釀期的單調，繼之想著不對，它鯨吞蠶食的正逐步腐蝕我的花園王國，拍照留戀後就連根拔除，棄在閒置隔離的花器裡任之自生自滅。

自從陽台鋪上木地板後，就把廚房流理台上的泡菜罈移到陽台地板陰涼通風處，泡菜罈裡養著小黃瓜與蘿蔔皮，蘿蔔則刨絲鋪上麥芽糖，一小時後蘿蔔絲被麥芽糖溶解出大量汁液，喝了正可緩解近日卡痰不順的喉頭，這是教書傷喉的夢魘，得想法兒驅除。原先放泡菜罈的地方安置一盆蘭，臺面頓然優雅起來，而陽台那一甕泡菜罈，則靜靜的蘊釀著自然發酵的營養食品呢！

【07，3月，2009】

春雷

　　春雷驚蟄，劃破長夜闃靜，乍醒還眠的夢寐裡朦朧的想著，蒔花的季節到了。

　　雨豐豐沛沛的落著，落在一夕嫩綠的小葉欖仁枝椏上，潑辣辣地灑了一石磚的濕濡。躲躲閃閃的沿著簷壁間淋不到雨的隙地走著，踩在料峭春寒裡的步伐毋寧是喜悅的，今日我要去買花。

　　下班之後在滂沱的雨中出發，雨勢漸行漸弱，為了避下班的車潮，今日且至大雅花市，尋尋看有多少深黃淺橘，近日一味的想著這樣的色彩，深邃閃亮的黃，淺紅淺粉的橘，並不要什麼繽紛，單單就是深黃淺橘。

　　哪有人在雨天逛花市啊！我泊了車閃躲著雨時察覺到自己的任性，可就得這樣心下才踏實，撐著傘在花叢裡尋啊尋，黃花不過是眾彩繽紛裡的一小撮，滿 園子裡招搖著叢叢豔麗，我戀著的

深黃淺橘呢？勉強找到一盆黃瑪格，再抓幾盆陪襯的，白瑪格、波斯菊、非洲鳳仙、荷蘭杜鵑，今日就這樣了，改天雨歇風和時再 遠征惠文花市，繼續尋覓深黃淺橘。

　　家來連夜安置眾花，重新佈置南面的陽台花園，盛開的荷蘭杜鵑不適於淋雨，就擺在樓上北面有中庭採光罩的窗台上，這扇窗平日不常敞開，僅在澆花時 拉開窗簾，這片窗台還有美化的空間。在朔風狂野的梧樓所幸還有一面向南的陽台，才能避開一路追撲的風擊，闢一座小小的花園。今日雨寒風涼，晨起就是花園時間，認認真真的駝藏了一個上午，記錄著這一季深黃淺橘的尋覓。

沙漠玫瑰

《26，5月，2009》

沙漠玫瑰開花了，在滯悶與微風拉鋸的初夏紅艷艷的綻放著，大刺刺的把花園裡經不起日曬的草花比下去了，我一蕊一蕊記錄著花容，白天的、夜晚的都收在鏡頭裏，最能原色重現的是夜晚鏡頭下的姿容。

就這樣自告奮勇的火紅著，彷彿竭盡生命的動力宣示自己的存在，是多麼與眾不同的獨樹一幟，細瘦瘦的軀幹頂著向天大紅，頂著三杈四蕊競相綻放的花朵，多不捨的沉沉負荷，佝僂的枝條還繼續新發著綠葉，不歇息的進行下一季花開的蘊釀。

這一刻等很久了，從蕭索的秋到乾冷的冬，自料峭的春到爆熱的夏，這一刻，在千思萬慮的期盼裡煎熬著等，一蕊蕊的紅艷就這樣隱在初夏之後鋪天蓋地而來，滿宕宕的增添一季長紅。

鏡花水月

　　近日常感世事如鏡中花水中月，是如此的虛幻不真實，也許人生本就是一齣紅樓夢，「你證我證，心證意證。是無有證，斯可云證。無可云證，是立足境。」

　　花園裡生意盎然的小品是再真實不過了，在仲夏的清晨午後油綠綠的葳蕤著，我一一撫視，可觸及的真實是心下安全的依恃，兀自坐在陽台寞愣愣的觀賞著。

　　肥朵朵如貓耳的葉子霸住最多的版面，養得最有心得的是這一撮長春藤，在手中生死千百盆，最後終於測試出，長春藤不宜陰暗的室內，宜於光線充足的室外，即使沒有直接日照，只要有光有水就能活凋萎的長春藤。非洲鳳仙境外移入液唇蘭的地盤，霸里霸氣的大張艷幟，推擠著液唇蘭怯生生的側開著，這到底是誰的家啊？這一彎蝴蝶蘭也堪稱小品，在年下主枝盛放時，它

僅是一寸長的側枝，個把月主枝相繼凋萎，它則亭亭的美艷艷的悄悄花開，與著另一彎側枝繼續裝點著門面，引得路人不斷詢問「妳家蘭花是真的還是假的？怎能開這麼久！」。所以，蘭花有側枝是長遠的美事，別潔癖的修剪了。

　　剪一簇香蜂草與薄荷，甜橙橙的圍堵仲夏「鏡花水月」困惑裡的潺潺然。

花序

　　花開有序是自然現象，自然的序第同時並呈，卻是繁花的自我主張。

　　花園的沙漠玫瑰從盛夏綻放至初秋，艷紅的花瓣多了一蘊深邃的黑沿，邊沁沁的搨著豔紅野野的奔放，重新雕塑了沙漠玫瑰初秋內斂的形象，另有一番深沉的美，很不同於盛夏的嬌媚，這是繁花順應季節變換展轉琢磨出的樣貌。側眼發現，枝椏上竟然並呈著花開的三個序第：含苞、待放、盛開。多豐富的生命力啊！多俐落的展示呀！讓我一次就能捕捉到完整鏡頭，減少了鵠候的焦躁。欣欣然覺得可以大肆張揚一番，顯一顯沙漠玫瑰奇特的身段。

　　這一季強熾的炎陽，灼得群花萎頓，花園裡除了綠色小品生意盎然，其餘多是半歇半醒的熬著等秋涼，獨沙漠玫瑰不棄乾熱，三序並呈的綻放，為單調的花園增添幾分趣味，這是沙漠玫瑰的本然？還是季節的蛻變使然？發現的時候已是初秋了。

飲食

犒賞

　　假日裡最大的享受就是料理一鍋香噴噴的紅酒香草水果豬犒賞自己……

　　所謂享受，乃是偶有的歇息與愉悅，非經常的擁有與操作。凡事經常則易歸類為工作，工作則易生倦，難視之為享受。所以，若要經常的燒肉做菜，在我來說是生為女人的懲罰，非享受也。

　　工作之餘，換一個思維場域是愉快的。偶爾的足不出戶就成了休生養息的方式，讓時間很沒有規律的隨性溜走，跟平日律定的作息要賴一番，明日才能心甘情願的努力上工。這就是所謂的「休息是為了走更長遠的路」。

　　近年喜嘗試以不同的水果佐以香草燒肉，前提是要用紅酒入味，乃因畏懼醬油的漆黑，紅酒則兼具了酒香與色調。以紅酒料理不宜佐以中式的薑蔥蒜，味道不搭。陽台上養了一些香草，百里香、迷迭香、薰衣草……再從香料罐撿幾片月桂葉，看冰箱裡有什麼水果？蕃茄、鳳梨、橘子……凡微酸的水果皆美味。喜愛中式醬料重口味的，當不習慣微酸味淡的紅酒料理。

【20，2月，2007】
過年

　　感覺有過年的欣喜，不是還小就是老了，因為都有所期待。

　　幌眼已是有人回娘家的時候了，小惠偕婿來家，增添了過年的氣氛，從嘉義中埔婆家帶來親家母栽種的時蔬水果，我忙不迭地拿了兩瓶紅酒給她備著家去，外帶一個葡萄牙帶回來的公雞軟木塞，教她喝紅酒的方式。盈村老老實實的在一旁相伴，感覺得出小倆的和睦，這是老姨長養她的最大心願，30年期待的就是這一天了。我興趣盎然的料理10道素食接待甥婿，為快樂的一天拉開序幕。

　　三個孩子都到齊了，外加一婿，四人就在樓上玩大老二、疊疊樂，笑聲不時轟然雷動，多久沒有這樣的熱鬧了？在廚房忙年菜的記憶已模糊許久，世事滄桑十載竟如轉瞬，轉瞬間人生已到走親家的年紀，改天就去中埔走走吧！那一把一握的時蔬真令人垂涎。

　　年來對紅酒料理頗有心得，並不是紅酒都行，也不是便宜就好，而是要有果香的紅酒，有時並不便宜。澀澀味嗆的紅酒只宜配紅肉不宜用為料理，否則肉味苦。前些日子無意間覓得一味酒，產自法國聖克里斯特古堡梅鐸區，倒是入味口感極佳，當可為今後料理用酒，西餐價位高不是沒有道理的。

年味在孩子的成長中反覆消長輪迴，當年味再來時，歲月已交替一輪，翻輾過數不清的悲歡離合，殘餘的歲月裡到底還能織就多少美夢？

◀03，3月，2007▶
閒情

　　功課交差了，家來橫躺在沙發上，舒展在電腦前拘了一天的脊樑骨，閒閒的想著燒肉的紅酒用完了，是不是要趁閒去買呢？

　　一個年假燒滷了四隻牛腱，原本預備兩隻家吃兩隻兒子帶走，不想四天的光景四隻就下了肚，前後烹飪兩次，一瓶六百多元的梅鐸區紅酒就鞠躬盡瘁了，另外陪上三瓶他牌的紅酒配肉。兒女們大快朵頤之餘異口同聲的說「原來紅酒配紅肉是有道理的，一口牛肉一口紅酒，酒醇肉香」，看來享受美食也是可訓練的經驗累積，也是創意的一種。

　　原本那個品牌的酒已售罄，店家推薦另一瓶波爾多產區的紅酒，「燒出苦肉就來砸你招牌」「放心吧，這比原先的高一等級」。逛酒莊像逛百貨公司，怎能單看紅酒？金門高粱、whisky……麥卡倫太甜，酒甜易醉……那你適合原酒，單一桶單一麥的……歡歡喜喜的搬了一箱紅酒、兩瓶whisky、一瓶金門96年春節配售專用高粱……有幸福的感覺，當不輸「我醉欲眠卿可去」的陶潛老前輩。

　　多年前讀了英國作家彼得.梅爾的「普羅旺斯的一年」，記憶就凝固在九月葡萄豐收的印象裡。梅爾曾任廣告公司高階主管，毅然辭別英國長年陰霾的氣候，帶著妻小到陽光普照的普羅旺斯鄉村隱居。書裡從一月寫到十二月，九月葡萄成熟時家家戶戶都

在釀酒，梅爾就挨家挨戶的試喝，找他最喜歡的回去品嚐……從此我就對紅酒與普羅旺斯生出浪漫情懷，哪時得去呢？並且要長住……唉！真如女兒所言，我是手長腳長的假洋鬼子，衣服鞋子都是歐洲細瘦的size，這會兒連吃喝也歐洲起來……剛剛不是還挺陶潛的？真是人生錯亂幾回有，惟有樽前酒一斛。

明日晨起又將負笈政大，為不可知的未來繼續修行，人生可執著者幾希？我抱著謙卑的情懷期待上帝的恩賜……

（26，8月，2007）
小小的感動

週五政大無課，可以閒閒的造兩頓飯祭祭脾胃，吃什麼呢？久沒做辛辣的豆乾炒小魚乾了。

半山腰一片小小的菜市，攤上陳列著豬肉、蔬菜、鮮魚、土雞……尋無小魚乾，快快的揀了幾塊豆乾並幾式葷腥，將就把冰箱存的西洋芹炒了敷衍口腹，回台中再說吧！

小小的感動起於小小的願望不經意的實現，隔日兒子回來拎了一袋金山古早味，竟是兩罐超辣小魚乾！嗚呼吾兒！豈其知母若是？心有靈犀焉？只是這樣……這樣一點小小的惦記就是了……為母不過如此……如此小小的回饋大大的欣慰……

這樣一點一滴小小的感動累積了生存的動力，足以抵擋排山倒海的殘酷摧毀……生命時而脆弱時而堅韌，在無法操控的棋局裡人人都有可能隨時成為一粒棄子……「天地不仁以萬物為芻狗」，天地並無私愛私作，不過任萬物自然發展全其本性罷了，如此方能包容物類而生生不息。

願景

　　人有多大的本事呢？重要的是把當下的自己打點好，不論有多難堪都要把自己打點到最好的狀態，這是我一向的門面哲學。

　　近日厲行節衣縮食，不難！衣櫥裡的衣服可以穿到80歲，縮食除了一向不餓不吃的習慣，再從偶爾奢華的外食縮到自家廚房搞創意。

　　辦公室有冰箱也幫助了縮食計畫，極不喜吃蒸過的飯菜，倒很樂意每天中午從冰箱裡拿出自備的午餐邊上網邊吃，冷食是OK的，就像也喝冰牛奶一樣，我這麼想著……

　　不能老是吃什錦青蔬，為了明天便當裡加一味，就把最喜歡的木耳、黃豆芽配胡蘿蔔絲、西洋芹炒一炒，混著冰庫裡早先炸熟的肉丸悶燒兩分鐘。辣椒怎麼看不到？我可是很狠的下了三支朝天椒，不辣焉能成菜？旁邊一碗是啥？馬鈴薯泥捏的香草丸子，可以取代白飯。其實心裡頂愛的是後面那壺茶，回到家先煮茶，有歇息暖暖的感覺。一個人不擺茶道，一天一大壺白毫烏龍或同級的熟茶暖一暖腸胃，為了不怎麼好的腸胃，涼拌青木瓜絲是便當裡的經常菜色，木瓜裡的酵素對腸胃有益。

　　這樣的廚藝操練下來，待第一志願達成並且執行完畢後，再統整我所有的第二專長，想著到老人院去發揮，去服務跟我一樣老卻比我衰弱的老人。託天上諸神的福，我一定會健康而強壯的老去，健康的發揮生命最後的價值，為老人做一點事……

【07，10月，2007】
吃馬鈴薯

　　近日常以馬鈴薯取代米飯，不過一時嗜好，不想又犯了尋根究底的毛病，想為嗜好找一點營養學根據。

　　今日秋颱收風，淅瀝颯颯的雨聲在窗外揮手致意，該出門晃晃了，順道讓車子在雨裏淨身，昨日10級風餘悸猶存，尚不敢走遠，就在附近的超市逛逛採買馬鈴薯。

　　「馬鈴薯在歐洲被稱為『第二麵包』，它可以加工成400多種主副食品。主要當蔬菜吃。馬鈴薯性味甘、平，其有益氣健脾、消炎解毒之功效，適用於治療十二指腸潰瘍，慢性胃痛、習慣性便秘和皮膚濕疹等症。

馬鈴薯含有澱粉、蛋白質、磷、鐵、無機鹽、多種維生素，兼具蔬菜、糧食雙重優點。在馬鈴薯的全部營養物質中，澱粉含量佔第一位，其次是蛋白質。馬鈴薯的蛋白質屬於完全蛋白質，能很好地為人體所吸收，它所含的維生素C比去皮的蘋果高一倍。」

資料來源：http：//www.hulu.com.tw/veg/solanum_1.htm

嗜好在營養學的加持下如虎添翼的壯大，可惜超市的馬鈴薯賣相不好，勉強撿了7個家來做泥捏丸子。不慎多買了一個迷你蹄膀，想試著做迷迭香蹄膀，好像紅酒下太多了，香味被蓋過了，或者要加些什麼把味道提出來，就像涼拌青木瓜要加洋蔥、香菜、九層塔才能提出魚露的味道。下次紅酒少一點，加洋蔥、番茄，撒月桂葉試試看。我好像應該精研各種馬鈴薯泥，香草泥之外還有鮭魚泥、鮮蝦泥、玉米泥、豌豆泥……以為10年後的老人廚房開菜單。

茶湯

【15，10月，2007】

2007 10 15

　　從櫥櫃裡翻出一袋茶，梗兒多葉少，平日茶喝刁了嘴兒，極不願把它當作茶飲，棄之又可惜，想著煮起來當湯頭燉排骨，也算物盡其用。

　　幼時餐桌上最常出現的湯，除了魚頭湯就是排骨海帶或排骨黃豆芽。爹爹嗜海釣，連帶也鍾情海字輩的食物，認為多吃海帶有益健康，長大後懂一點營養學，排骨燉海帶還真能促進骨骼發育，難怪我們都抽條得高。

　　今日排骨湯裡少不得海帶，只是又加了一味花生仁，乃因近日嗜吃花生。煮好的茶湯濾去茶渣放入排骨等什物，期待著頭

一遭試做的茶食。捨不得拿好茶大把煮，想是煮不出什麼上等口感，不過是消化茶葉，換一種方式下肚騙騙胃腸。

排骨染上茶褐色，茶葉的苦澀化入食材裡騙過味覺，排骨濃郁的膩香提出淡淡的茶感，殘留舌蕾的茶澀卻提醒著小小的遺憾，茶葉要是好一點，茶澀就不會緊咬著舌蕾不放。也就是說，這鍋湯好喝卻無餘韻，好喝是因為排骨，沒有餘韻是因為茶不好，我應該捨得用好茶，可是這袋多梗兒的茶就無處發落了。想著不浪費，只好委屈養刁的味覺。

吃兩團新捏的鮭魚馬鈴薯泥，平衡一下被爛茶欺負的味蕾，看著剩下的一大袋茶，想著味蕾要委屈許久不覺悶悶，我可不可以浪費一點把它扔了呢？茶澀還咬在舌蕾上甩不掉，扔了扔去做花肥！再給茶湯欺負三天，三天後喝不完就倒掉！為什麼不現在倒？我捨不得排骨、海帶、花生，以及剛喝下去的順口。

22，10月，2007

茶滷

　　一本「不成功不善罷甘休」的習性，繼續研究茶食，有著錯用茶葉的前車之鑑，這次狠狠的用上白毫烏龍。

　　白毫烏龍得小心伺候著，否則是嚐不到溫順潤澤的茶香。爐子上的水滾了要晾上10分鐘才能沖泡，還不能上蓋，太熱是不成的，怕熱傷了嫩嫩的葉尖兒，名之為「東方美人」實屬妙絕。

　　增一分則太肥，減一分則太瘦的五花肉是我極愛的食材，可料理成「蒜泥白肉」「回鍋肉」，是幼時餐桌上常見的小品，今天要做「土豆五花茶滷」。把油滋滋的五花切小塊，下大蒜、肉

桂、月桂、老薑、檸檬、紅酒、辣椒……醃漬半晌，再與大半壺
白毫烏龍、一碗花生、六顆醃梅烹煮。

　　等待是希望的開始，期待一次實驗的成功，茶滷與一般滷味
有何差別呢？我……好像吃不出來，要多吃幾口才知道。

｜27，10月，2007｜

有魚

　　今日晨起未晏，還趕得及上傳統市場採買大魚大肉，轉一轉近日悶悶悒悒的心思。

　　魚，是心理依恃極深的食材，有成長的記憶，每每駐足魚攤彷彿在尋索故事，一尾魚一個鮮明的印象，我是在採買回不去的過往嗎？我是在魚裡執著紀念著什麼嗎？今日要料理一頓鮮魚餐。

　　魚頭湯是首選，幼時餐桌上不可或缺的要角，與三片老薑、少許洋蔥共煮。洋蔥是極好的食材，可獨自成菜又可做配料，放在魚湯裡可以轉腥為甜，是吃日本料理學來的。

　　再燒一尾加納魚，薑蔥蒜是燒炒海鮮的基本配料，另留一

些蔥末起鍋用。許久前得著一些嘉義大埔麻竹筍尚未發落，今日就拿一包來燒魚吧！先把魚下在熱透的油鍋裡煎三分熟，起鍋再爆香薑蔥蒜後與筍同燒，米酒、烏醋、醬油、糖是必要的佐料，三枝小辣椒則是嗜辣之必須。今日且以茶湯代水加至淹過魚肉烹煮，待15分鐘後起鍋下蔥加茶湯芶芡，吾之茶食又多一味矣！

　　一鍋湯、一盤魚，正乃嗜魚成痴者之一日用糧也。食之，不知麻竹筍因魚而香，抑或魚因麻竹筍而有味，茶湯則早已泯滅在一干佐料裡查無蹤跡。

◖28，10月，2007◗
必食

　　許久已無如此之奢華，有足夠的時間讓我料理週間必食之物。

　　依序為紅酒牛腱、白水豬肝、洋蔥燜肉，這些是下週便當的主菜。滷牛腱已是家常小吃，兒子家來一頓就半盤，所以冰箱裡總要備著，昨日已來電告知，太魯閣國家馬拉松跑完後的次週要回家，意思是說下週補貨不能忘記牛腱。

　　傳統市場的豬肝20元就能料理一大盤，此乃本人補血紅素之必食也，每次料理完畢，貓咪就跳到椅子上喵喵討食，算是這道菜的嘉獎吧。洋蔥燜肉丸是以茶湯加四棵梅子料理，除了月桂

葉、老薑、辣椒之外，我的香草部隊是肉丸裡的鮮味功臣，吃起來有一點像在IKEA吃過的瑞士丸子。

邊料理邊聽著交響樂，非附庸風雅也，不過是在挑選適合跑高速公路的音樂，要相當大聲的震撼才能抵擋瞌睡。升上碩二了，彷彿拿到通關認證般的乍然輕鬆不少，同學選課不盡相同，昔日共乘的夥伴不選週日的課，路上伴講的提神工作只好交給交響樂。

舒伯特的「偉大」交響曲、德弗乍克的第九號「新世界」交響曲、柴可夫斯基的第五號交響曲，是目前試過符合所需的曲目，加上車上現有的一片柴可夫斯基，可以輪替維持一段時間。

柴可夫斯基的音樂裡總是蘊藏著極大的哀愁震撼，彷彿鬱結著無盡的憂思，他在想些什麼呢？人生的虛無與不盡如意？世事的多舛與無常？到底此生能掌握的是哪一盤棋局呢……今日何以如此多感而易淚？我是在這裡紀念著什麼嗎？嗚呼哀哉！尚饗……

【30，10月，2007】

藝

藝之於我是為依，間或為醫，甚而為進退之唯一。

文藝、花藝、茶藝、廚藝……但凡專注均可成藝，其中過渡的意味大於必需，總是當下過關當下成藝。日前友人傳來一文：「有些關要自己過」，讀之不勝唏噓，何嘗不是在藝裡度過，好比近日潛心廚藝，不過飽食終日罷了。

今天做包子，可是生平頭一遭，昨兒晚看著非凡台播出的包子垂涎，就想著今天去超市買材料自己做，有什麼難！

先和餡兒，絞肉、冬粉、四季豆，冬粉要先泡冷水再在熱水裡過兩下比較好

切。發麵需要一些時間，溫水加半杓發粉，與3杯中筋麵粉揉成不黏手的麵糰，用乾淨的毛巾蓋著發成原來的兩倍，再加麵粉揉到不黏手。

年輕時做餃子的經驗小有幫助，之後的過程就和做餃子一樣，把麵糰搓成長條再扯成小段，壓成扁圓形後用撖麵棍撖成中間厚周圍薄的麵皮。包出來的包子個頭大小不一，看得出是生手，爐子上的水滾了，上蒸籠蒸二十分鐘。

在等待的空檔去陽台看花，好發的粉蘭依時綻放，分盆後的蘭一枝獨秀彎彎的美著。在取角度拍照的當兒，二十分鐘悄悄的溜了，移轉注意力似可減緩等待的焦慮，總是這樣騙過自己千百回……

吃包子囉！好吃嗎？既然是自己吃，就不需傻傻的依著別人的法兒，下一次餡兒裡要加辣椒，換用冷水發麵。

❨06，11月，2007❩
茄子二吃

襲襲的秋風帶著涼意來訪，正是測試水中耐力的天候，萎靡的精神因著這起挑戰振奮了。

池水冰涼過膚而不沁心，顯然我是習於冷水的，浮游在偌大的冰冰涼涼裡開心極了，還可以再冷一點……邊游邊也想著這個年齡常有的心血管問題，即使健康也不可掉以輕心……500公尺後上岸速速梳洗完畢，去超市買益於心血管的茄子。

「茄子能使人體血管變得柔軟，還能散瘀血，故可降低腦血管栓塞的機率。茄子也對心臟有益，它可提供大量的鉀質來幫助平衡血

壓，而它所含的脂肪和熱量卻非常低。

中醫認為茄子性味甘涼，具有清熱、活血、消腫、止痛、利尿、解毒、收斂的功效，可降血脂、降低血膽固醇。 茄子所含的皂草甘具有降低血液膽固醇的功效。

茄子含維生素P，能增強機體細胞間的黏著力和毛細血管的彈性，減低毛細血管的堅韌性及滲透性，防止微細血管破裂出血，類似中醫理論中屬於活血化瘀成分，可消除血栓，使血液循環順暢，故有防止血管粥狀硬化及防治高血壓的特殊功能。

老年人因血管逐漸老化與硬化，皮膚上會出現老人斑，斑點隨年齡增大而由小變大，由點連成片，這種小型的皮下出血往往是中風的前兆。而多吃些茄子，老人斑會明顯減少。」

資料來源：http：//club.cn.yahoo.com/bbs/threadview/1600063194_6__
　　　　pn.html

爹爹好吃茄子，幼時餐桌上常出現的就是清蒸涼拌茄子或魚香茄子。蒸茄子簡單又符合現代的健康保健，把茄子切小段蒸熟，淋上醬油、白醋、蔥花、蒜末、老薑、辣油合成的佐料即成。

魚香茄子的食材是茄子＋絞肉，名之為魚香乃是薑、蔥、蒜爆香後稍具魚香所致，切三枝朝天椒是本家招牌。薑蔥蒜爆香後絞肉下鍋炒熟，如燒魚般加醬油、糖、醋、酒與茄子悶燒至熟。

兩道茄子如何消化？清蒸的明日中午就能食畢，魚香的待明日及後天兩次晚餐與五穀飯悶燒，再蓋上一個蛋、一把甜豆即成小鍋速食。如此十天半個月必能增加一甲子功力，然後就可寬心的泅游在冷水裡而無所懼。

【08，11月，2007】
豆瓣黃魚

　　豆瓣醬是親切的記憶，且必須是岡山辣豆瓣。日前逛超市才發覺岡山辣豆瓣式微了，無挑選的餘地，不若昔日多樣。

　　豆瓣黃魚是爹娘的絕活，爹爹總是驕傲的說老媽的廚藝是他調教的，但打從記憶起掌廚多半是老媽，爹爹偶爾做一道回鍋肉或麻婆豆腐，還真的不輸老媽。可惜當初爹娘不給孩子下廚，待日後主中饋，就只能搜尋記憶的味蕾摸索著做，多半是畫虎不成。

　　今日就循著記憶的味蕾料理豆瓣黃魚。一樣是煎魚、爆香薑蔥蒜，豆瓣醬加多少隨個人喜好，再加少許醬油、烏醋、米酒、

糖，姑以茶湯代水的創意勝出爹娘，茶食是也！

　　這樣的一盤魚吃多久呢？乃嗜魚者之一餐用糧也，鍋裡剩的湯汁捨不得倒掉，留著明日燒豆腐。

粗茶淡飯

【11，11月，2007】

2007 11 11

　　想著胃腸辛勤工作蓋有年矣，總不能老是廝磨著魚肉重工業，也得輕鬆的幹活兒，免得日後勞累罷工，趁著今日閉關實施圈圈日，就來點粗茶淡飯吧。

　　其實是戀上這隻土鍋，雖名之曰砂鍋，煮起粥來卻是好吃極了，就煮一鍋地瓜粥度日。絲瓜也是吾之寵愛，總有一點「豆棚瓜架雨如絲」的思古情懷，況且還有美容養顏的經濟效益：絲瓜露、絲瓜布……能種一棚架絲瓜也不錯……把絲瓜與青花椰一同料理，甜甜的原味真好吃。

　　煮粥的空檔鮮榨一杯果汁以享口腹，想著鮮榨果汁的美容功

效，就會不厭其煩的努力從事，向來是勤快養顏不嫌累。日昨學行班的同學詢問如何養生，語之曰「不吃沒有用的東西」，聽起來嚴肅而無趣味，其實是「簡單而懶散」的生性，既然吃是為了生存與健康，那就不需費神研發一些無營養價值的廢物，好像真的太嚴肅了，不過口腹之慾罷了，怎麼認真起來？吃粥吧！佐一碟韓國泡菜開胃。

◀13，11月，2007▶
紅燒牛腩

2007 11 13

　　以往牛腩清燉的時候多，因著前幾日買了辣豆瓣，就想著做紅燒牛腩。

　　料理牛腩最不能省的是燒水汆燙血水，總要耐心的小煮三五分鐘，這樣不論燉或燒的湯色才會好看。今日紅燒，汆燙後撈起另起油鍋，再下薑蔥蒜及辣豆瓣一起炒香。很難說要炒幾分鐘，請善用嗅覺與感覺，聞到美好的香味了，就盛到砂鍋裡加滷味包〈超市可買到，滷牛肉專用〉、醬油、米酒、冰糖，水加到蓋過牛肉，再切一個蕃茄、半個洋蔥，燜燒個把鐘頭。牛油重重的油

脂全部下肚是不成的，待涼了凝結浮聚在表面後用杓子篦去，吃得健康又利口。

久不做牛腩了，就是嫌燒煮費事費時，其實想想外食來回一趟差不多也是這麼多時間，兵荒馬亂的不若定定在家慢條斯里的做。也是現在定得下心來，也是自己打發時間的依賴，或也是度日的方法，其中多少夾雜著對爹娘的思念，試著把吃過的川味兒一點一點的記錄下來，一點一點的想念著……這麼些年是怎麼渾渾噩噩的過，怎麼跌跌撞撞的走，怎麼坎坎坷坷的邁步……菜一道一道的上，路一步一跌的走，總是倔強的要走到，一定要走到，一定……

24，11月，2007
嫩肩牛里肌

　　兒子和佳幼請休假回來，陪我逛COSTCO，主目標：採買牛肉。

　　週間下班後的採買人潮稀稀落落，少了駢肩雜遝的擁擠，可以悠閒的慢慢逛。牛肉專櫃裡各式牛件一應俱全，先選常吃的牛腱，再看著厚厚的嫩肩牛里肌垂涎，這是極易料理的食材，可以取代價格較高的沙朗、腓力，就這麼捧回了一包九塊兩吋厚嫩肩牛里肌。

　　翌日中午家來午餐，兒子說要自己料理里肌牛排，我就把三塊兩吋厚的里肌對半切，兒子就分別煎出三分、五分、七分熟的牛排。咱們家最愛的吃法是原味牛

排，旁邊有一小罐粗鹽，轉一轉灑在煎好的牛排上，美味勝過蘑菇醬、黑胡椒醬。

晚餐再吃就要換個法兒，就由老媽來玩創意，大前提是吃原味，那就請出香草部隊助陣：一瓶蓋蒔蘿子、四顆小荳蔻，再切半個洋蔥、抓一把毛豆，還要安佳奶油⋯⋯這樣試試看⋯⋯把兩吋厚的里肌對半切，每一半再切成六到八塊四方丁，下奶油炒牛肉丁約一分鐘，再上蓋乾燜血水，約七分鐘後撈起，倒掉血水另起油鍋，洋蔥、毛豆、香草一起下鍋炒熟，再倒入牛肉丁翻炒兩下拌勻起鍋，如何？一大盤無鹽、無醬的原味嫩肩牛里肌瞬間掃蕩入腹，九塊牛肉到此已消滅了六塊。

〔29，11月，2007〕

乾煸四季豆

　　煸是細活兒，用油量介於煎與炸之間，平日鮮少為之，因為稍不慎就會失敗。

　　薑蔥蒜似乎是川味兒基本配料，也是乾煸四季豆的配角，再依各人喜好酌加絞肉量。先起油鍋煸四季豆，要煸到什麼程度？請善用視覺與感覺，把四季豆煸出皺紋就好，太過就會煸黑，不及就不會打皺，您就仔細著點兒吧！

　　煸好的四季豆起鍋，以適量的油爆香薑蔥蒜，再下絞肉及調味料炒熟，最後把四季豆與絞肉拌炒兩下盛盤即成。

　　四季豆乾煸與清炒有何差別呢？前者韌，後者脆，各有千秋。想想得這麼費事才能嘗到韌勁兒，還真需要一點兒耐性，心下不夠悠閒是不會輕易嘗試的。

三杯雞

　　娘說三杯雞是一杯麻油、一杯醬油、一杯酒。女兒說「馬麻您別說三杯雞也是川菜」。我說「我從小就吃啊」。

　　拿出三個Whisky矮杯注滿佐料，實際操作時醬油要減半，以免太鹹。因為有麻油，就要下大量的老薑，另剝大蒜一把，再加幾葉九層塔提香。

　　一杯麻油下鍋後先炸炒老薑，把老薑炸到彎彎跳舞的姿態再下雞肉炒八分鐘，雞肉的量是一隻雞去頭去爪。炒好後濾去多餘的油入砂鍋，加醬油、酒、大蒜、九層塔、辣椒，中小火燜燒到湯汁收乾，約需40~50分鐘。30分鐘時可掀蓋翻身，此時已香味撲鼻，至此就可在三杯的薰香裡等待驗收，一盤香噴噴的三杯雞上桌了。

　　翌日負笈北上，正可與女兒同享美味，順道賀她謀得了餬口的差事，且讓老媽先以一杯紅酒自祝，祝養兒育女已成。

紅酒牛排

（12，12月，2007）

　　日前女兒返家，解凍三塊牛排只銷了一塊，還剩兩塊怎麼辦呢？回凍絕非良策，就用紅酒醃著吧！

　　紅酒注入蓋過牛排，加上肉桂、蒔蘿子、迷迭香葉，放在冰箱裡醃兩天，讓牛排吸足紅酒汁液。

　　切一塊安佳奶油煎牛排，紅色汁液漸漸吃掉了奶油鮮艷的黃，合成低調的土褐色，入鏡色感尚佳，起鍋灑鹽，一盤六七分熟的牛排，足夠我三餐用糧。牛排要搭配什麼呢？一個馬鈴薯刨絲，再煎一個雞蛋。親愛的安佳奶油請再次出場服務，和著粗鹽炒香馬鈴薯，一旁的雞蛋與馬鈴薯各踞一角一塊兒下鍋起鍋。少一點綠色修飾視覺味覺，鹽水裡燙熟青花椰。

　　想想今日一整天吃了什麼？早餐來不及吃，隨手抓了一個蘋

果，後來蘋果變成午餐，那麼這唯一正式的一餐就理直氣壯簡單
隆重的吃囉！

　　紅酒牛排啥滋味？有煙燻的味道耶！

【15,12月,2007】
乾燒鯽魚

　　從小在川味兒裡長大,並不稀罕外面的川菜館,倒是極嗜港式飲茶及江浙菜,這乾燒鯽魚就是揣摩江浙館的小菜試著做的。

　　孩子小時每逢假日就帶著他們吃港式飲茶,大了就約著他們吃江浙館,後來吃江浙館就成了聚餐考慮的首選,每次必點蔥燒鯽魚,連魚骨頭都入口即化的料理,實在迷人極了。

　　日前在傳統市場看到了不及巴掌大的鯽魚,就想著何不試試看這味江浙菜?即使畫虎不成也是可入口的。

　　在料理的當下發覺主要的配料「青蔥」缺了,鯽魚煎乾後想著切半個洋蔥加大蒜爆香試試,走到這裡其實已在自創品牌了,

從此與江浙館的蔥燒鯽分道揚鑣。洋蔥炒香後與煎乾的鯽魚一起入陶鍋，加醬油、烏醋、冰糖，烏醋與醬油等量，再加少許料理米酒，小火燜燒收乾湯汁，需時約50分鐘。

這樣的料理味道是有了，魚骨卻不化，顯然是要加水燜燒加倍的時間，而這個水應是高湯，也就是說下次料理前要先熬一鍋大骨湯備用，然後慢火燜燒3小時試試，不信魚骨不化。

江浙菜多慢工細活，不免想著另一味需時4小時的東坡肉，這是蘇軾貶謫黃州團練副使時，築室於東坡，暇時自創的料理，大塊風格正符合他「無竹令人俗，無肉令人瘦」的口頭禪。看來料理食物還真需要搭配閒情逸致，好此道者視之為樂趣，專注與創作的樂趣，之於我，何嘗不是一段過渡的依恃？吃，無傷。

【23，12月，2007】

入口即化

　　乾燒鯽魚改造成功，於此可正名為入口即化的蔥燒鯽魚。

　　今日可巧在市場採買到七尾小鯽，想著要繼續實驗尚未成功的入口即化蔥燒鯽魚。

　　除了先熬一鍋大骨湯外，這次的配料也小有改變，把料理用酒改成甜酒釀，這味我極愛的食材，每逢冬來總會在超市尋尋覓覓，可做酒釀蛋、酒釀湯圓……當年生孩子月子裡不知吃了多少酒釀蛋……想著用來燒魚應也可口。

　　照樣把鯽魚煎乾，這次加了青蔥與洋蔥大蒜爆香，正宗的蔥燒鯽是大把大把的青蔥，只是青蔥太貴，只好以洋蔥取代。醬油、烏醋、冰糖、甜酒釀各一大湯匙，大骨湯倒九分滿，這是燒三小時的分量。這三小時裡總忍不住掀開蓋子看看嚐嚐。

　　剩下的大骨湯拿來煮飯，把鮮香菇、芹菜切碎，再開一罐紅燒鰻拌在一起入飯鍋，香噴噴的五穀菜飯上桌囉！一碗涼拌海菜芽、一碗海鱺魚頭豆腐湯、蔥燒鯽魚。海字輩的食物要搭配白葡萄酒，白酒濃濃的甜度一不小心就喝成飲料，口感極佳，適於餐間飲。

　　捨不得一次把鯽魚吃完，今日僅小嚐兩尾，許是不忍瞬間消滅三小時的慢工，總要以三天回報。想起在江浙館裡瞬間入口就是好幾百塊蹦籽兒，不免又更加吝惜了。

《04，1月，2008》

回鍋肉

　　爹爹最常做的就是回鍋肉，都是選用瘦肉較多的前腿肉，可我假日總是晏起，不及去傳統市場挑選，只好將就用超市切得方正的五花肉打混著做。

　　所謂回鍋就是下鍋兩次，先要加蔥與老薑把肉煮熟，煮熟後切片待用，到這裡如果不回鍋就可料理成蒜泥白肉，三大匙醬油、五六瓣蒜頭拍切成泥、糖一小匙、辣油一小匙，淋在肉上即成。

　　如果要回鍋就得再備辣豆瓣、蒜苗一支，起油鍋先炒肉，記得爹爹說要炒到肥油吱吱響再加豆瓣醬，起鍋前下蒜苗快炒即成一盤香噴噴的回鍋肉。

　　煮肉的湯還可再利用，記得老媽總是加一個胡蘿蔔，每次只要吃回鍋肉就一定是喝胡蘿蔔湯。這樣一味兩吃在老媽的巧手下不乏其例：甕菜摘葉炒，梗也不丟，留著切段炒豆干；白蘿蔔煮湯，削下來的皮與蘿蔔嬰做成泡菜。

　　四川泡菜很不好做，一不小心泡菜水就生花壞了，我試著放在冰箱裡，味道總是不對。記得老媽說泡菜生花可加芹菜救回來，實驗後總是不成。近年已不再嘗試，僅把蘿蔔皮＋鹽＋醋＋辣豆瓣速成醃製敷衍口腹。想著泡菜是自然發酵的健康食品，不免又蠢蠢欲動想再起爐灶試試看。

棒棒雞

2007 12 26

　　川味兒裡有一道菜叫棒棒雞，不曾在川菜館裡吃過，卻是幼時餐桌常見的一味二吃料理。

　　小時候吃的雞肉是自家養的滿院子跑的土雞，不時可見一位身高160不到的嬌小婦人挽著衣袖殺雞宰鴨，幾個小蘿蔔頭挨在旁邊捧碗接雞、鴨的血水。記憶裡家裡養過的禽畜還不少，很難想像母親嬌小的身軀怎能生出這麼大的能量？成天周旋著雞、鴨、鵝、火雞而不疲累，甚至還養過幾頭豬。印象最深刻的是砍院子裡的香蕉樹幹煮豬食、半夜賣豬過秤的豬隻哀嚎……彼時我只能

做個在一旁讀書不准插手的千金小姐,就這樣被母親嬌生慣養的養大了……

雞肉的吃法有好多種,一般的白斬雞在川味裡要另外加料,爹爹稱它是怪味雞,是調了醬油、辣油、糖、醋、大蒜淋在白斬雞上。我就是不敢輕易做白斬雞,二兩力氣總是把一隻雞斬得亂七八糟,倒是可以做省力的棒棒雞。

粉皮是配料,在這個小鎮居然找不到,只好打混著做。可我另有創意,不是把雞丟到水裡煮,而是把它放到大碗裡隔水蒸雞精。一隻嫩土雞可蒸出大半碗雞精,打去厚重的油脂剛好是滿滿一飯碗。想著兒子成天周旋著邪門兒歪道的勞神就不忍,不時備著一隻雞隨時做雞精替他滋補,往後還有得耗呢!

把蒸過的雞肉撕成絲,鋪在切成條狀的粉皮上,淋上調好的佐料:芝麻醬一匙半、醬油兩匙、糖一小匙、辣油一小匙、烏醋一小匙、蔥薑蒜末各半小匙,棒棒雞成了。

麻婆豆腐

　　爹爹說「麻婆豆腐」重點就是「麻」，「花椒」是少不得的佐料，可是現在連買花椒也得費一番功夫。

　　慣常去的超市只見胡字輩的椒一系列排開，遍尋不著花椒粉，最好能找到花椒粒，可以順道做泡菜。家附近的超市轉過幾遍也無所獲，便想著去規模不大而有雜貨舖味道的頂好超市試試。車子在小鎮之間盤旋穿梭，往南邊的沙田路駛去，這家超市坐落在這裡許久了，因為停車不便甚少垂留閒逛，此番為了尋花椒粒展轉搜索駐車處，最後還是橫七豎八的亂停在路邊。

　　這裡不但有花椒粒，還意外發現兒時母親常做的褐色豆豉，

買兩包來嚐嚐卻不免小小的失望，黑豆做的豆豉總不若母親做的黃豆豆豉有味，顯然記憶中母親搏成球狀的黃豆豉，已是味蕾的絕響了。

　　麻婆豆腐的基本材料是兩塊豆腐一盒絞肉，薑蔥蒜切成碎末，花椒粉、辣豆瓣、蒜苗、酒、太白粉備用。先爆香薑蔥蒜，再下絞肉及辣豆瓣炒熟，加豆腐、一大匙酒、一杯水、少許醬油，上蓋燒滾再燜三分鐘，太白粉加水勾芡，起鍋前灑下蒜苗、花椒粉、辣油。

　　孩子離家後就少做麻婆豆腐了，熱透透的豆腐最好一餐吃完，隔頓就走味了。記得幼時麻婆豆腐上桌瞬間就搶光，一匙一匙往碗裡舀，兩三碗飯呼哧下肚，現在想想老爹微薄的薪水似乎全打點在餐桌上了，吃，永遠是最溫馨的記憶。

蒼蠅頭

　　kiki廚房去了兩次，一次在台北由女兒帶路，一次在台中由雅雯找幾個好吃的組了一團吃喝隊，蒼蠅頭就是在這兒吃到的川味。

　　女兒知我愛吃韭菜花，就推薦這道菜，我也建議台中吃喝隊必點。kiki廚房的辣度分三級，在台北吃大辣，在台中將就大眾點中辣。kiki是我吃過辣度最強的川味，大辣辣得耳朵痛，平日在家下七枝朝天椒僅是kiki的中辣，所以在此請勿輕易挑戰大辣。

　　蒼蠅頭的食材是韭菜花＋豆豉＋低脂絞肉＋薑蔥蒜＋朝天椒＋醬油。

　　薑蔥蒜爆香後下絞肉加醬油炒乾，絞肉不能多且要低脂，

以免炒乾後太油,接著豆豉、韭菜花、朝天椒一起下鍋快炒15秒左右。韭菜花在料理時要去掉花,莖切碎粒,炒出來綠油油的好看,黑黑的豆豉就是這道菜名的由來。

　　這是道快速料理的方便菜,在等年夜飯的尷尬中餐,就以此菜與麻婆豆腐速速打發兒女兩碗飯下肚。

臘味已矣

今年過年備年菜時，特別想念兒時母親做的臘味，在超市逡巡了好幾回，免強買回湖南臘肉，香腸仍是平日慣見的台味。

兒時期待過年不僅是因為有新衣新鞋，還有晾在屋外一串串香腸臘肉的十里飄香。每當看到爹爹從市場拎回大量的豬肉，就知道是快要過年了，母親熟練的搬出花椒、鹽巴開始醃製臘肉，再整理腸衣灌香腸。我們則拿著一根針守在旁邊等著為香腸加工，當母親把香腸晾在竹竿上時，我們就搭著板凳覷著香腸找有空氣的地方一針扎下去，空氣和著汁液流出，香腸裡的肉就更緊密了。

兒時年夜飯必有的臘味已成無法複製的歷史。我依樣畫葫蘆的用蒜苗炒香腸，吃兩口就倒掉了，台味帶甜的香腸就是不能炒，只合烤熟切片夾著蒜苗入口。好想念兒時晾在院子裡的豆腐辣腸，母親過世後的年夜飯，爹爹總是千里迢迢的從東港騎機車到屏東市找臘味，多少尋回一點母親的味道。

湖南臘肉倒有一些兒時的滋味，只是薄薄的肉身遠遜記憶裡的厚實。最深刻的印象是爹爹架著鐵桶用木麻黃的葉子燻肉，此刻鼻尖彷彿還嗅得著淡淡的煙燻臘味。我試著把蒸熟的臘肉創意料理，前些時去紫雲巖安太歲、光明燈，得著了好多麵線，想著把臘肉撕成絲＋蒜苗＋熟油辣椒＋粗鹽拌麵線，尚能裹腹騙騙味覺。

〔30，3月，2008〕
招牌小吃

　　咱家招牌小吃「紅酒牛肉」進階版研發完成，得再多加一個形容詞，名之曰「青醬紅酒牛肉」，於此昭告世人聲明創意權，若有仿製，請小呼咱家為「青醬紅酒牛肉鼻祖」，當不追究。

　　3/19那天是英文科辦公室入厝下午茶，咱家的「紅酒牛肉」有幸受邀共襄盛舉，趕緊去Costco添牛腱以備3/18晚上料理。照常以紅酒＋肉桂捲＋月桂葉＋大蒜＋蒔蘿子＋迷迭香葉＋俄力岡葉＋粗鹽＋冰糖浸漬半小時，然後再加冷水蓋過牛肉烹煮約一小時，這是「紅酒牛肉」的原始版，進階版怎麼來的呢？

　　話說一日咱家攜帶一碗自製的「紅燒牛腩」，辦公室的小老師們吃得連湯汁都喝盡了，才知他們嗜吃重口味。3/19晨起切牛肉時想著，冰箱有一罐拌義大利麵的羅勒醬，用來沾味淡的紅酒牛肉，當可滿足嗜重口味者，自己覺得ok不著數，中午在辦公室排盤時，請圍在桌邊垂涎的本科小老師試吃，看看紅酒牛肉沾青醬上得檯盤否？從此「青醬紅酒牛肉」拍板定案。

　　因為兒子嗜吃牛肉，平日咱家又喜以各式香草入味，再想著以紅酒取代醬油，才有此創意。若以傳統中式滷味沾青醬，則期期以為不可，味不搭難吃極。即使紅酒也要挑選果酸味濃的，往往酒貴於肉，比較常用的是六七百元的法國紅酒，一瓶750ml的紅

酒可用3~4次，最合算的是澳洲的紅標「yellow tail」，價格低又入味好吃，只是小鎮的酒莊不是經常能有。

　　從我的辦公角落抬眼看出去，門口三盞藝術吊燈下是一張大大的船型會議桌，一週總有一兩次午餐各自帶著自家招牌小吃在此聚餐，梁師的咖哩、紅燒牛腩，曾師的滷豬腳，楊師的蘆筍沙拉，行師出五穀米，王師雖然平日是老公洗手作羹湯伺候著，卻也能有二三招牌，再加上咱家的泡菜、牛肉等。一餐飯二十分鐘秋風掃落葉，談笑間菜餚灰飛煙滅，比在kiki三十分鐘解決還快，眾人推想，都是卓姊姊吃飯太快，可我也在吃前昭告大家「慢慢的優雅的搶」……

涼拌青木瓜絲

《01，4月，2008》

今日帶一罐自製的涼拌青木瓜絲，老師們讚不絕口，要我把作法po在部落格，恭敬不如從命。

青木瓜不是到處有得買，偶爾在喜美超市看得到，興農超市常常有，此物乃咱家常備料理，用以整治易脹氣的胃腸。做法如下：

1. 青木瓜一顆去皮刨絲，洋蔥半顆切絲，加鹽一起抓軟。
2. 大蒜5~6粒拍碎切末，朝天椒隨喜切末，九層塔或香菜任擇一切碎，兩者兼備最好。
3. 佐料的主角是泰式魚露，超市買得到，灑7~8下＋檸檬＋白醋＋砂糖

以上諸物拌在一起即成，道地的青木瓜絲還要再加花生米，在超市尋了好幾回難覓，將就著吃吧！

幼時庭院裡兩株高高的木瓜樹，爹爹就用粗麻繩綁塊木板做鞦韆讓我們盪，青的黃的木瓜不知多少下肚，吃到老哥臉發黃，就被爹爹一斧頭砍倒，嗚呼鞦韆不見了！只剩下對母親料理青木瓜排骨湯的殘殘記憶，現在孩子大了，回頭卻不見媽媽……

懶人鍋

懶人鍋

　　懶人鍋是職業婦女的最愛，它減輕了料理費神的壓力，除了悶燒鍋堪稱小懶之外，我還得著了一個大大的懶人鍋。

　　由於在百貨公司shopping夠努力，累積的點數換到這樣一個鍋子，名曰「天然養生紫砂湯煲」，有低溫、高溫、自動三種烹煮方式，我通常使用「自動」，鍋物放進去後加水插電就可走人，時間到了會自動熄火保溫，不必擔心鍋中水燒乾，對喜愛喝湯的我來說簡直如獲至寶，於是就變著法兒多元使用。

　　除了經常煲一鍋排骨湯、牛肉湯之外，還用來煲珊瑚藻＋紅豆薏仁。把珊瑚藻、紅豆薏仁分別泡4~8小時後洗淨入鍋加水九分

滿，珊瑚藻的海腥味只要加一把冰糖就可以蓋過去，熟後待涼會結成凍，顯然是富含膠原蛋白的點心。從食物裏攝取膠原蛋白才是正道。

雖有懶人鍋，可需要火候紅燒的料理我還是不願懶，仍然會請出陶土砂鍋慢工細活的熬個3~5小時，此時的勤快單單只是口腹之慾挑剔美味所致，堅持得一點也不向懶惰妥協，吃，是有原則的。

小酒

今日想喝個小酒來慶祝國泰民安，喝什麼好呢？打開酒廚瀏覽……

紅酒乃料理用，間或與兒女餐間飲；高粱等白酒宜與二三同好淺酌慢飲；辣裡帶甜的威士忌正如此刻小小的喜悅，倒一盞12年的高原騎士，淺淺的慶祝一下……

酒是古籍裡文人的風雅：曹操「對酒當歌，人生幾何？」「何以解憂？唯有杜康」；陶淵明「我醉欲眠卿可去」；李白「舉杯邀明月，對影成三人」；歐陽修「醉翁之意不在酒」；蘇軾「料峭春風吹酒醒」；柳永「今宵酒醒何處？楊柳岸曉風殘月」；李清照「三杯兩盞淡酒，怎敵他晚來風急」；辛棄疾「醉中忘卻來時路，借問行人家住處」……詩情美化了酒意，在微醺裡流傳千古。

今日不在古人的詩意裡緬懷失落了什麼，僅是想小小的慶祝一下。政大的，舉杯！

【11，5月，2008】
南瓜湯

南瓜湯是吃西餐最常點的，不單是因為好喝，還有它誘人的金黃色澤。

食物的美色增強了它的可食度，本來只有七分可口，因為色澤誘人，就十分好吃了。南瓜湯之於我，就有這樣的情結，只要菜單上沒有新口味，就是它了。

這日揣摩著料理，想著濃濃的南瓜湯是不是也要像其他的濃湯一樣加麵粉呢？其實不必。

南瓜一個削皮，連南瓜籽一起切塊入鍋，加一小塊奶油、一小杓鹽巴、適量清水煮軟。南瓜籽是好東西，千萬不要丟掉，平日家常料理時連南瓜皮也一起煮，為了濃湯色澤單純才削皮。煮軟後分兩次入果汁機打碎，每次加開水到900cc~1200cc刻度滿，打出來就是濃稠的南瓜湯，原來這麼簡單。從此以後南瓜列入必採購的菜單。

還有什麼有色食物呢？幼時最期待爹娘料理紅莧菜，喜歡把紅色的湯汁淋在飯上，直到現在也是這樣，只買紅莧不買白莧。番茄也是很好的有色食物，與洋蔥一樣是冰箱的常備配料，除了番茄炒蛋，燒牛肉、羅宋湯、蔬菜湯都不可少。偶爾鳳梨也可入菜，咕嚕肉、鳳梨苦瓜雞湯，都是年輕時家常待客菜單。

人生一個階段、一個階段的過去了，這樣慢慢的走著，小心的走著，一步一步走向人生的邊上……

鹽酥蝦

日前看老師們吃一碗回鍋蝦吃得好饞，就昭告他們料理一盤鹽酥蝦做東。

鹽酥蝦不是爹娘的真傳，是年輕時在朋友家作客學來的，料理起來非常簡單，也是路邊攤常見的小菜，吃路邊攤是過往日子裡美好的記憶，一盅小酒，幾碟下酒菜，很大剌剌的江湖味兒。

鹽酥蝦的配料極簡單，只要蒜末＋鹽巴，可老師們說喜歡吃蔥，那就從善如流照樣以薑蔥蒜爆香，然後蝦子下鍋加一杓鹽大火炒。蝦子入鍋會炒出水來，要耐心的把水收乾，大概約需15~20分左右，水收乾就起鍋，一盤鮮味蝦完成。

　　平日很少料理蝦子，嗜魚不嗜蝦，一盤蝦吃兩三隻就不想吃了，料理一盤也是浪費，加以兒女也不嗜蝦，只在冬天吃火鍋時才想著買蝦做海鮮鍋。常聽人說吃海鮮膽固醇高，應是蝦蟹之類吧！想著蝦子是爹爹養在海邊蝦簍裡釣魚用的，就越發的不感興趣，讓魚去吃蝦吧！

　　母親料理蝦是相當仔細的，要把蝦背上的泥腸挑掉，蝦腹毛毛腳剪掉，偶爾爹爹不吃蝦殼，她就耐心的剝成蝦仁料理。印象裡料理一頓蝦是費事的，不若鹽酥蝦大剌剌的呈盤。

　　吃，不會長胖，長胖是因為亂吃，不吃，也是亂吃，亂了吃。

茶泡飯

　　這一陣子暇時四處找米，想試著做茶泡飯以及海南雞飯的飯。這兩種飯用的米各不相同，有別於家裡現有的五穀米。

　　母親節之前的週五，兒子回來要帶媽媽出去吃飯以慶祝母親節，鎖定日本料理，最後落坐精明一街的居酒屋，看著菜單上的茶泡飯好奇，母子同心齊意的想吃看看，家來不免又想揣摩著做，可用的是什麼米呢？超市只有一種由日本引進的品種名越光米，短胖胖的有點像茶泡飯的米。

　　實驗過後發覺茶泡飯就像平日常吃的湯泡飯，湯泡飯又可依喜好分魚湯、雞湯、牛肉湯，這麼說來咱家又多了一項招牌料理，不日可開個泡飯店，有別於目前台北當紅的泡麵店。

　　茶與飯要分別料理，泡一壺好茶備用，飯要煮得稍硬，三杯米兩格半的水，煮好後盛在碗裡灑上鮭魚鬆、海苔末、調味料，再加茶水便成。千萬不要加了茶水再煮，米飯就走樣不好吃了，是現泡現吃的簡單料理。

　　海南雞飯又是什麼米呢？細細長長的不是蓬萊米或在來米，跟老師們研究後一致認為是泰國米，超市只有一種泰國進口的皇家香米，煮出來的飯真香。「海南雞飯是用雞湯煮的」，也是對料理有興趣的女兒這麼說，那就是洗好米後加料理好的雞湯煮飯，一樣是三杯米兩格半的湯水。

　　好（ㄏㄠˋ）吃的結果，冰箱裡囤了各種不同的米，茶泡飯用越光米、湯泡飯用秈稻米、海南雞飯用皇家香米、想著該減肥了就吃五穀米。比人還高的冰箱塞滿了民生物資，不免有一絲絲小老百姓囤積的喜悅，冰箱裡怎能沒有食物呢？

蓋飯

　　最簡便的個人居家餐就是蓋飯，何謂蓋飯？乃一菜蓋在一飯上之謂也。近日常吃的蓋飯是豇豆蓋飯、芥菜蓋飯⋯⋯

　　豇豆在此地有不同的名稱，謂之長豆、菜豆⋯⋯鮮少有正確標示為豇豆的超市。一般料理豇豆往往是清炒，川味兒裡的炒豇豆得先泡熟，把綠油油的豇豆在泡菜罈裡泡得黃橙橙的酸辣，切碎了和著絞肉朝天椒快炒，蓋在飯上夠味極了。泡豇豆已經有鹹淡味兒了，無需加調味料。先爆香薑蒜，再下低脂絞肉加些許醬油炒熟，最後下豇豆朝天椒快炒10秒起鍋。芥菜蓋飯也是如法

炮製，把苦兮兮的芥菜泡得酸酸的入味，就能造一頓一菜一飯的簡餐。

近日效法神農嚐百米，常常捧著海大的碗盛蓋飯，攝取澱粉的機率倍增，警覺性的回吃五穀米，蓋飯的滋味就走樣了，為了忠於原味，就這樣肥肥然繼續嚐百米。

蓋飯可以豪華，燒一尾豆瓣黃魚蓋在飯上；蓋飯也可以極簡，開一個魚罐頭蓋在飯上。蒼蠅頭可以蓋飯，麻婆豆腐可以蓋飯，宮保雞丁蓋在飯上更夠味……宮保雞丁怎麼做？且待下回分曉。

宮保雞丁

《23，6月，2008》

2008 6 22

　　這道川味兒裡的招牌何姍姍其來遲？乃是因為找不到花生米，現在找到花生米了，不但可料理宮保雞丁，連涼拌青木瓜絲的配料也到齊了。

　　花生米是何物？何以如此之難尋？附近的超市找遍了，連以出產花生果品聞名遐邇的關西服務區也搜索了好幾回，均無所獲。最後想著去專賣有機產品的里仁試試，果然尋獲，就是虎尾農會出品的「香酥花生」。這個幼時大街小巷比比皆是的小零嘴兒，此時卻要踏破鐵鞋，怎不唏噓時空移易無可奈何的悵然？

　　宮保雞丁是幼時家常小吃，毫不稀罕，雞是自家養的，乾辣

椒母親自製，花生米雜貨舖就有，花椒是廚房基本配備，一點也無須特別期待就能三天兩頭的吃，再也想不到有一天要這麼困難的尋花生米。

宮保雞丁食材：雞胸肉或雞里肌一盒切丁、薑蔥蒜酌量切末、乾辣椒一把切小段、花生米一把搓去皮衣、花椒粒一小包用刀背壓扁切碎〈直接用現成的花椒粉也可，只是沒現作的香〉，辣豆瓣醬備用。

起油鍋爆香薑蔥蒜，舀一小杓辣豆瓣炒香後下雞丁乾辣椒翻炒30秒，加料理酒一鏟、醬油兩鏟、水一鏟轉小火燜5~8分鐘，起鍋前加花椒粉、花生米炒15秒，一盤麻辣宮保雞丁上桌囉！

幼時爹娘在料理時我們分到的工作是搓掉花生米的皮衣，把花生米合在掌間揉搓，薄薄的皮衣就會自掌縫飄飄落下，再打開手掌吹去殘留的。幾個蘿蔔頭就比賽誰最俐落迅速，頓時把料理副手當作遊戲樂起來。

廚房做久了，下佐料全憑經驗直覺，所以也無需用量匙，直接把佐料倒在鍋鏟上入鍋，也不怎麼注意時間，感覺可以了就盛盤上桌。日前同事建議我出食譜，這對不諳精準數據的我有相當難度。

近日正落入統計量的深淵裡苦參，這些符號離美感知覺太遠，何以然何以不然？因素分析？變異數分析？t考驗？結果是：地板擦乾淨了、衣服都熨平了、紅酒牛肉一鍋、宮保雞丁、雪菜百頁豆腐……所有打賴的招數都使盡了，再回到電腦前感覺……就是因素分析＋單因子變異數分析……著實心虛得很。

雪菜百頁豆腐

　　這不是川菜，是江浙菜，與家常吃的雪裡紅炒豆干不一樣的味兒，原來雪裡紅也可以這麼柔軟美味。

　　以往家來習作雪菜百頁總是失敗，雪裡紅燜久了就變黃了，怎麼保持青綠呢？加一小匙小蘇打試試，果然成功的保持了鮮綠。

　　雪菜百頁食材：雪裡紅一包、百頁豆腐一塊切丁，熱油鍋下食材翻炒數秒加適量水與小蘇打、烹大師燜煮約5~8分鐘。很簡單的料理，百吃不膩，不過總是不及江浙館做得好吃。廣東菜與江浙菜，是我廚藝莫及的饞點，最惦記著不忘的是香港一家一家的粵菜館，幾時能再訪呢？一個週末就能完成的旅行卻要期待許久，行動力彷彿總有克服不了的盲點。

◖18，7月，2008◗
蘋果

　　撿來的颱風假要做什麼呢？當然是除了吃吃睡睡什麼都不做
囉！天意曰休息，不可違背也，那就來閒閒的介紹我最喜歡吃的
蘋果。

　　這些年來養成了每天吃一個蘋果的習慣，因此已吃成精了。
一向主張要吃得好，吃蘋果亦然，從台灣蘋果、華盛頓蘋果、韓
國蘋果、日本蘋果吃到紐西蘭蘋果，一家家的品嚐之後，結論
是：冬天吃日本蘋果，夏天吃紐西蘭蘋果。這兩家的蘋果脆甜、
肉細、皮薄、少蠟。

　　蘋果中的蘋果酸、檸檬酸、果膠成份有保健腸胃的功能，是
可以空腹吃的水果。蘋果皮含有豐富的櫟皮酮，對於抗自由基、
降膽固醇、保護肺部、穩定血糖都具有功效，是抗氧化網路的
成員。這是最近獲得的知識，吃蘋果的習慣卻是開始於一段住
院史。

　　這輩子住過三次醫院，前兩次是生產，第三次是騎腳踏車摔
斷左手膀，聽起來有一點笨，實則是肇因於「從來不會慢慢騎腳
踏車」的習性。

　　話說2002年以前，騎腳踏車街頭巷尾、阡陌越野的竄是我酷
愛的休閒運動。一日下班後照樣騎車衝出社區大門，就在即將抵
達大門前柵欄緩緩降下，我來不及煞車只好彎身俯衝，剎時失去

平衡摔落右側水泥地面，左手膀結實著地，然後就呼天搶地的哭著被送進醫院。

住院的一週裡天天吃著探病的蘋果，有的酸有的甜，有的脆有的綿，躺在病床上閒閒的思索著哪一種蘋果最好吃？出院後就開始慢慢探索。台灣蘋果皮厚肉粗，適合打果汁。美國蘋果太酸，韓果蘋果品質不穩定，日本青森縣的蘋果夏天水果行就不進口了，紐西蘭蘋果與之同等級。

西諺云「一天一顆蘋果疾病遠離」，這些年實驗下來絕對可信，如今已不知感冒為何物。因此我總是批一箱蘋果冰箱藏著，間或分贈親朋好友。

你知道什麼叫物阜民豐嗎？就是冰箱裡藏著魚、牛肉、雞蛋、蘋果。

（26，7月，2008）
唐三彩

剽竊唐三彩的美名為菜名，不過是要增添孩子的食慾。

孩子幼時餵飯是很磨人的，得派一齣戲，吃飯過程要派一個他們崇拜的角色，演一段吃兩口，一餐飯吃畢為娘的已精疲力盡。派戲的程度隨年齡提升，大一點就可以說唐三彩的故事哄吃胡蘿蔔。

夏天食慾較差，涼拌一盤酸酸的唐三彩：紅色胡蘿蔔、綠色小黃瓜、黃色蛋皮。

胡蘿蔔一個、小黃瓜兩條刨絲備用，蛋皮可學問大了，訣竅是油少火小，我的技術也不怎麼樣，一顆蛋只能煎出兩張蛋皮，

蛋皮切絲。三種材料拌在一起，酌量加鹽、糖、白醋、醬油、大蒜、香油，可以用一顆檸檬取代白醋。同事常問烏醋白醋要怎麼用？我的經驗是葷菜用烏醋，素菜用白醋。日本水果醋、義大利酸醋不在此限。

　　涼拌菜可多拍一些大蒜，大蒜是好東西，如果不出門social，一天一粒生蒜可預防感冒增加免疫力。不過不可空口吃大蒜，會胃痛。本人諸辣不怕，空口吃大蒜就胃痛，拌在菜裡是可以的。

◀05，9月，2008▶
冰薯及其他

　　這樣一盤烤熟的薯，晾涼了放到冷凍庫裡，第二天在常溫下解凍五分鐘，就是可以連皮吃的香香冰薯。

　　這是2007年學行碩去西湖國中參訪學來的，好吃的人處處惦念著吃。冰薯是西湖的地方小吃，第一次吃到這麼好吃的地瓜，回來後就揣摩著做，結論是：烤熟的地瓜比煮熟的好吃。所以為了好吃就不能偷懶，十五分鐘一轉的小烤箱轉兩次十五分鐘就烤好了，這樣一盤地瓜分三次烤完，凍在冰庫裡當早餐，吃了五天，是週日走大坑步道帶回來的戰利品。

　　因為要連皮吃，就要把地瓜皮刷洗乾淨再烤，冷凍過後的皮

是很好入口的，軟軟的不苦，據說吃地瓜最好的時間是早晨。當天的戰利品不只地瓜，還有麻竹筍、檸檬、百香果。

　　檸檬多汁一斤十元，都是為了美容養顏，每天早晨要喝檸檬水，不加糖的檸檬水，美白排毒，早晨的胃真辛苦，要裝蘋果、地瓜、檸檬水。麻竹筍要去心泡水十五分鐘脫苦味，然後簡單煮熟再依個人喜好料理，我通常吃原味，一般吃法是淋沙拉醬，夏日最宜。再來一盅甜品如何？冰糖銀耳木瓜、冰糖蓮藕，冰過了更好吃，垂涎吧！

滷味

28，9月，2008

　　薔蜜強颱得中庭採光罩震耳欲聾，蜷在屋裡苦捱著無處可逃，看看料理個什麼好吃的打發時間。好在昨晚先見之明的採買了一彎豬腳，正好試試看在古坑服務區買回來的大同醬油和油膏。之前滷過一回豆乾雞翅鳳爪，覺得滋味不錯，醬油與油膏1:1，可以取代冰糖，滷汁可保存著續用，我把它儲在玻璃罐裡擱在冰箱，不免想著幼時爹娘做的滷味。現在滷菜方便多了，滷包有現成的買，只要隨喜加薑蔥蒜辣椒八角，可巧今日時間多，就慢慢的滷一鍋豬腳、燉一鍋牛肉竹笙……颱風你愛颳多久就多久……

再滷一盤花生下小酒，滷汁的精華全入味了，續存的滷汁下回滷牛肚就輕而易舉的好吃。

　　明天又得假一天，可以好整以暇的寫張猛龍碑、可以悠閒的看書架上荒置多時的小說……意外的時間就意外的打發，可惜不能出去買牛肚。

《01，10月，2008》
生菜沙拉義大利麵

2008 10 1

　　今日不怎麼想吃晚餐，拖到八點半想著需要維生，就下樓到廚房翻翻冰箱，簡單料理，吃生菜莎拉義大利麵吧！咱家創意料理。

食材：羅美生菜五片、洋蔥半個、芹菜一包、酸黃瓜一個〈咱家
　　　泡菜罈現撈〉、海底雞一罐、水煮蛋三顆、義大利管麵半包

佐料：義大利沙拉醬半瓶

作法：羅美生菜撕小塊、洋蔥切絲段、芹菜切碎、酸黃瓜刨絲、
　　　海底雞的油倒掉研碎、水煮蛋切丁。以上諸物加義大利沙
　　　拉醬、義大利管麵拌在一起即成。

煮義大利麵的方法是： 冷水下義大利麵加鹽煮開〈沸〉，再依個
人軟硬口感拿捏時間，不時以筷子攪拌以
免沾鍋，煮好後過冷水，撈起瀝乾拌兩小
匙橄欖油備用。

吃過海底雞拌麵嗎？人間美味！不妨試試，這麼一海碗的麵
一個人可吃三餐，簡單實惠。

【22，10月，2008】
小聚

　　同事家來小聚是鮮事，以往只有在外應酬，回來後深居簡出，甚少有人知我家在哪裡，彷彿有不願被打擾的潔癖。年輕時三不五時的宴客已是遙遠的記憶，今日卻少有的高朋在座，還簡單的招呼晚餐。

　　真是簡單極了，幾個常吃在一起的同事想的鮮點子，大家輪流在30分鐘內做一頓午餐請大家，我猜拳輪第一，想著30分能做什麼呢？炒米粉、貢丸湯吧！週日順道在高速公路湖口服務區買新竹米粉和貢丸，昨日提議改吃晚餐行嗎？因為今日下午連著三堂課，不喜汗流浹背的匆匆，就這樣五點下課後帶回餐友四人。

米粉貢丸湯上桌後卻驚覺怎麼這樣就待客了？再打四個蛋做香椿芽烘蛋，還是羞愧太簡陋了，冷凍庫的牛肉來不及退冰，「炒一盤蒼蠅頭如何？」，香春芽烘蛋三秒鐘就消滅了，「還可以做芙蓉蛋」，「卓姊姊別忙了，我們以後再來慢慢吃」「啊！還有以後？承蒙不嫌棄。」「以後找個隔天假日的通宵達旦」「是啊卓姊姊家好舒適」……今日待客炒米粉兩板、白蘿蔔貢丸湯一鍋〈貢丸一包、白蘿蔔一個、豬肋骨湯底〉，全部淨空，餐後一人一盅自製蜂蜜優格、一壺陽台現採的薰衣草香蜂茶、再做一壺金桔梅茶給感冒的小番茄……「今日太簡陋了，改天再好好做一頓好吃的」「妳不要後悔喔」「我要後悔就不會說了」。

　　我拍我的客人，「有沒有腳架呢來拍些好玩的」號稱陸地上的魚兒跳出來要當攝影師，「做鬼臉、學狐狸精、看誰笑得最大嘴巴……」玩鬧到九點多，「知道地方了改天再來喔」「妳不要後悔」……

28，11月，2008

茄汁紅酒牛肉丸子

　　近日想著繼續研發咱家的紅酒牛肉食譜，去Costco搬回一包牛絞肉、一盒牛番茄，我要做茄汁紅酒牛肉丸子。

　　第一次摶的丸子像獅子頭一般，想想不對，這年頭時興走精緻路線，第二次再做就捏成一口一個的小丸子。可巧兒子帶著把兄弟回來，「幫媽媽嚐嚐看少什麼」「有一點乾，不Q。」趕緊上網搜尋改進之道：乾只要加豬肉就能改進，不Q是欠摔打。名廚以男性居多不是沒有原因的，動不動就要摔打一番，我這二兩力氣可要想個省力之道，否則摔打到累個半死就失去了烹飪的樂趣，得善用自己的優勢。人高手長的優勢是什麼呢？我可以玩自由落體：先把流理台刷洗乾淨當做大砧板，把摶好的牛絞肉高舉過頭，擺出跳阿拉伯舞的姿勢，腰背打直，調勻呼吸，放手！一團牛肉不偏不倚的乖乖落在琉理台上不解散，如此反覆舉落三十

次，三團牛肉就玩了九十次自由落體，就這樣完成了舉臂運動與捶打牛肉，不知是寓運動於烹飪還是寓烹飪於運動？總之不外咱家一貫一次完成兩件事的經濟原則。

牛肉丸子怎麼做呢？牛絞肉與豬絞肉的比例是3:2＋洋蔥一個剁碎＋百里香一撮、迷迭香一束剁碎＋雞蛋一個＋胡椒粉＋鹽＋橄欖油，以上諸物和勻後捶打一番，再捏成丸子，入油鍋小炸定型，邊炸邊灑乾麵粉增加凝固力。

茄汁紅酒呢？牛蕃茄三個＋紅酒五大湯匙＋蒜＋月桂葉＋俄力岡葉＋鹽＋奶油一小塊，與炸好的牛肉丸子入鍋加水蓋過食材，燜煮到番茄酸酸的香味飄散就可琢磨著起鍋，牛肉丸子染上紅酒茄汁，香噴噴的好吃。

27，1月，2009
年菜

過年備食，從除夕忙到初二才落幕。

除夕的主食水餃打點完畢後，就去梧棲漁港備火鍋料，火鍋除了涮牛羊肉之外就是海鮮。這日梧棲港氣溫10度，仍襲不退蜂擁的購物人潮，我海買赤參三斤1000元、小管200元、鮮蝦兩斤300元、蛤200元、蝦丸200元、蟹腳兩盒150元，不惜血本的吃啊！最開心的是燙吃瘦長長的小管。除夕的好料當然不只這些，可供說嘴的還有滷豬腳、牛肚、牛筋……

豬腳還不到晚餐時間就陸續被殲滅將盡，好吃的訣竅在於陳年滷水、好的醬油

及醬油膏。

牛肚牛筋是火侯滷，費時約2~3小時之間，是年初一的好料，切片做椒麻肚筋。備蒜苗一枝切細絲、花椒粒適量搗碎、熟油辣椒兩匙，拌在肚筋片裡，滇味的椒麻料理就在這兒了。

年糕與蘿蔔糕是初一晨起為娘的小小堅持，每個人都要吃，以象徵事業開創的順利。養兒育女至此，最開心的是為娘可以當孩子們事業舞台下的忠實觀眾，聽著他們敘述在外的戰績，欣慰的驗收著教養成果，最大的成果是他們決斷事務的智慧，這個智慧集合了家庭教育、學校教育、社會教育。我開心兩個孩子當下的成長狀況。

年初二全員到齊，從小拉拔大的甥女回娘家，特備素食款待。

托甥女、婿的福，連日的大魚大肉得以油切一番。南瓜湯以橄欖油取代奶油，再加一瓶蓋茵陳蒿。馬鈴薯泥也是用橄欖油捏拌，加小茴香籽。香椿芽烘蛋；山芹菜炒豆豉；炒三菇；炒什錦。什錦包括：洋蔥、蕃茄、青花椰、黃豆芽、木耳、蘆筍、玉米粒。五菜一湯當下淨空，顯然我做素菜的功力大增。

年過到這裡，就開始消耗冷凍庫存糧，存糧有多少呢？淑婉說我三個月不出門都不會餓死，我就備些水餃讓她帶回，並且連沾醬也要打包。吃到這裡，也該出門感謝四方眾神，祈求四季平安。

❰31，1月，2009❱
緬懷

子路問事鬼神，子曰：「未能事人，焉能事鬼？」吾今日年節事人已畢，當可事鬼神。

在過年的儀式流程裡，無可避免的會緬懷一番，那曾經在生命中舉足輕重的親蜜家人。生前南北離居的父母兄姐，身後也是各處異地。大度山寶塔裡住著爹爹，車行20分鐘可至；阿兄伴著母親藏居桃園大溪，每每被兒女勸阻「塞車得厲害，媽媽您別這麼辛苦」。卻總癡心的備著祭品，不知哪一天能成行。

天子祭禮牛、羊、豬三牲，僭平民百姓禮僭二牲一魚。這些潛藏在記憶裡的珍饈，我也僅能揣摩得十之一二，今日班門弄

斧，獻在先父母兄姐前，不過是告慰先人罷了。爹爹總是叨唸著我幼時的傻：「肚子餓了也不曉得找吃的⋯⋯」您瞧！我這會兒做得挺好呢！

過年前買了個阿物，名曰自動麵包機，只要依照食譜放材料、選擇按鍵，就能自己做麵包。拜科技之賜，幾可自給自足，獻給爹娘嚐嚐，好吃的呢！年來已做了四個。

「慎終追遠，民德歸厚矣。」

今日佇立爹爹靈前緬懷，淡出許久的悲傷又歷歷在心，這揪著的感情是否就是「歸厚」的根本呢？藏在心底最柔軟的人情，需要一種儀式牽引，儀式的最終目的是還原人性之本善。

什麼時候去大溪呢？

當樹葉緩緩落下，樹身漸次枯萎腐朽，生命歸於塵土，塵土輕揚，逝於無垠蒼穹。故生命如塵如土如無垠之蒼穹。有生之年，要參透的是「齊死生、無物我⋯⋯」。

年，過完了，就戰備位置。

《01，8月，2009》
火腿丁蔬果沙拉

　　室內氣溫32度的炎炎夏日，實在吃不下飯，可也不能不吃，就料理幾樣時下流行的輕食果腹。

　　這一盤沙拉沒有淋任何佐料，用來調味的是火腿丁，也就是說火腿丁是必備，其他內容可以隨自己喜好更換。今日晨起特地去傳統市場買了一些平日少吃的水果，就為了要做這一味夏日小品。盤中網羅的水果包括：鳳梨、酪梨、火龍果、奇異果、芒果，外加小黃瓜、透抽、火腿。其中透抽是利用透抽的側鰭，和其他材料一起切細丁，拌在一起就成了。做法簡單又好吃。

　　這是一人份的今日午餐，火腿丁蔬果沙拉、水煮綠竹筍、彩絲透抽、燙蝦。

　　綠竹筍是咱家夏日寵物，一早去市場買回三個還帶著土的綠竹筍，把土洗淨連殼下鍋煮熟，起鍋後再剝殼切盤，不必沾佐料，甜甜的原味彷彿把夏天吃下肚了。此時的鮮蝦也原味燙熟入口，蝦也甜。彩絲透抽比較費事，得先處理彩絲，通常蛋皮、小黃瓜、蒜頭是基本配備，其他可依照自己喜好添加，加一點糖、醋、醬油或鹽調味，再塞進燙熟的透抽肚子裡切成輪狀，做這道菜要選大號的透抽，切盤才好看。這些菜除了煎蛋皮時用了一點葡萄籽油，其餘不沾一滴油，正是當下時興的夏日輕食。

　　炎夏在廚房裡汗流浹背也是受罪，自然就會隨著季節變換料

理食物的方法，以便把自己擺在最舒適的狀態，正所謂「君子之於天下也，無適也，無莫也，義之與比。」沒有什麼事是一定要這樣，也沒有什麼事是一定不這樣，言之成理就行，姑且名之為孔夫子的彈性論，今日竊為料理哲學。

【08，8月，2009】
韭菜簡單吃

2009 8 1

台北市立聯合醫院中醫院區中醫師楊素卿說：

「本草綱目」記載，韭菜葉熱根溫，功用相同，生則辛而
散血，熟則甘而補中。韭菜可以活血化瘀，以三比一的比
例，把搗爛的韭菜跟麵粉混在一塊，敷在沒傷口的紅腫
處，有助消腫，而補中，就是補腎溫陽、益肝健胃。

中醫裡，腎主生殖，體質虛寒的男性可以適度吃韭菜調養身
體，因此，韭菜又有「起陽草」、「草鐘乳」之名。但這並不意

味韭菜宜男不宜女，月經常遲來、小腹容易冷痛的婦女也可以食用，月經來時，來一碗韭菜蛋花湯，則能活血，幫助經血排乾淨。

資料來源：http：//mag.udn.com/mag/life/storypage.jsp?f_ART_ID=184640

　　韭菜料理的方法，可以包成水餃、韭菜盒子、炒肉絲等等，最簡單的吃法就是燙熟涼拌。在一般餐館裡燙熟的韭菜都排列得很整齊，不似家常橫七豎八的紊亂，這幾日揣摩著怎麼才能整齊排列，實驗結果如下：

　　作法：韭菜洗淨對半切，水滾後整齊入鍋燙熟，撈起的時候也不打亂，待涼後切成一寸長排盤，灑一些柴魚絲，淋一點醬油即成。單是淋什麼醬油就實驗三次，第一次淋一般醬油，太鹹；第二次淋醬油膏，還是鹹；第三次試試日本蕎麵露，成了。鹹淡適中。或許也可以試試薄鹽醬油，再加少許白醋、糖調味。只因廚房恰巧有蕎麵露，就物盡其用了。

【09，8月，2009】
枸杞黑木耳汁

黑木耳的營養價值

　　黑木耳蛋白質含量是米、麵、蔬菜等所無以比擬的，其維生素B2的含量是米、麵和大白菜的十倍，比豬、牛、羊肉高3-5倍，鐵質比肉類高100倍，且鈣的含量是肉類的30-70倍。每百克新鮮子實體內含有維生素C達200毫克，常食用有利於人體的健康。

黑木耳主要八項功效

　　1.活血、防止血管硬化，促進血液循環。2.治外傷引起的疼痛，血脈不通，神經麻木、手足抽搐。3.促進排便，改善痔漏、便血，痔瘡及靜脈曲張。4.治寒濕性腰腿疼痛。5.子宮出血及閉經

等婦科疾病。6.改善貧血，骨質疏鬆。7.降血脂，對心腦血管疾患有很大助益。8.減重減肥。

資料來源：http：//hishopping.myweb.hinet.net/advantage.htm

　　日前在朵薩吃到一味特別的餐前飲料：枸杞黑木耳汁。廚師的創意使得黑木耳的料理推陳出新，且能直接攝取黑木耳的原始營養，家來不免揣摩著做，做法如下：

1. 食材：鮮採黑木耳、枸杞。枸杞味甘，其作用在提味提色，用量可自行增減，多一點則色紅，少一點則色黑，不礙甘甜。

2. 作法：黑木耳切絲，枸杞泡水洗淨，一同放入果汁機加冷開水打碎即成。水不必多，蓋過食材就行，這樣就能喝到甘甜濃稠的枸杞黑木耳汁。

　　慣吃西餐的可以當作沙拉之前的餐前飲料，一般則當做早餐或餐間飲食，做法簡單，勤快一點就能吃得健康。

　　想吃什麼要問自己，每一個人的生理時鐘不同，通常身體需要什麼營養會直接反射到大腦，就會很想吃什麼，想吃就吃。所以採買食物的要問食客想吃什麼才買什麼，否則買回來沒人想吃就浪費了。近日想吃韭菜、黑木耳，印證其功效，原來合著胃腸脹氣、右腳傷癒後痠麻之身體需求。所以，健康第一步，學習傾聽自己內心的聲音。

旅行

《13，7月，2006》

葡·西手札之一

　　7/1-7/2憑著飛機的羽翼穿越時空，時差在天際交錯，飛到慕尼黑，時間要倒退6小時，先前的6個小時就硬生生的被西半球晏起的太陽擦掉……

　　取道慕尼黑至葡萄牙里斯本，有3個小時的轉機空檔，大家商議趁隙小遊世足勝地慕尼黑，就背著導遊搭上地鐵到最近的廣場下車。七月初的慕尼黑清晨，撲面襲身的風是沁心的冰涼，貪婪的深深呼吸著，看能不能兌換台灣累積的躁熱。大概上帝造人是偏心的，把白人放在舒適宜人的環境裡……

　　星期天的清晨，整個城市是闃靜的，是在教堂望彌撒還是慣

有的晏起？或許這裡根本就是觀光客不來的小鎮，只是不預期的被我們誤闖？大街上稀稀落落的行人好奇的打量著我們，大概也疑惑這群東方客怎會青睞寧靜的小鎮？我們也真的擺足了到處拍照的觀光客架勢，從地鐵站一路拍到小鎮，掐著有限的時間回到幕尼黑機場啟程到里斯本。這之前我們已飛了13個小時，長途飛行的疲勞寫在大家臉上。

葡·西手札之二

　　7/2借道歐盟大門慕尼黑入境葡萄牙，捨不得慕尼黑機場的德國美食，尤其是在葡萄牙待了5天，更是想念慕尼黑的食物。

　　到了里斯本機場，時間又要倒退1小時，與台灣時差7小時，我懶得調撥時間，只在心裡玩著減6或減7的遊戲，終歸是要回到台灣，一時的改變就隨它去變，只是日出日入的時間大不相同，這裡晚上8點天還大亮，正是他們的晚餐時間，午餐自然是延後的，下午1點半以後才見午餐人潮。葡萄牙沒有美食，卻仍能使人一日速肥，趕緊厲行不餓不吃的策略，午餐喝果汁打發。

　　里斯本是歐陸最西邊的城市，今天又走到了世界的盡頭，岸邊十字架的石碑上刻著「陸地盡頭就是海的起點」，深有「行到

水窮處坐看雲起時」的哲思。倚欄拍照之際,想到葡萄牙曾經擁有的海權盛世,回首歷史,似乎各地的子孫們都遠遜祖先,曾有的輝煌被誰取代了呢?

里斯本曾被阿拉伯摩爾人統治過,建築物當中還看得到阿拉伯風貌的藍色磁磚,稍後參觀的興達宮,就是典型的阿拉伯建築。最令人驚訝的是滿街小店及路邊攤的公雞瓷偶及飾品,公雞是葡萄牙的圖騰,代表公理與正義。

這裡的氣溫晝夜溫差極大,早晚微涼,驅除了白天的炎熱。一日勞頓,異鄉的第一宿也就沉沉入夢。

葡・西手札之三

　　此行的目的在參加IASL國際年會，7/3上午8點迎著微涼的晨風步行到不遠處的會場探勘。這是一個基金會，座落在城堡公園裡⋯⋯

　　威蕤蔓生的植物照看著低調的建築，愈發顯得屋舍的蒼勁古樸，沉穩的氣氛不知不覺安定了浮躁的心氣。

　　開幕定在7/4日，領隊接洽完攤位事宜之後，提議下午自由行，於是兵分兩路，一曰老人團，就在附近走走；一曰青壯團，搭地鐵探險。我當然是探險一族，一行8人踩著艷陽漫遊里斯本。

　　市中心在拜薩區，一尊尊彩色石牛當街矗立，大概和鬥牛文化有關，據說鬥不死的牛被人當聖牛供著。街上跑的計程車和慕尼黑一樣都是BENZ，開BENZ的趙主任嚷著回去要換車，正是東方遇上西方大不相同。

一路按圖索驥，廣場多、雕像多是里斯本特色，觀光客自然是一尊尊的拍，深怕錯過到此一遊的紀錄。累了就在街角小店學葡萄牙人點一杯咖啡或飲料配著點心，一股很西方的虛榮油然而生，似乎一生難得幾回愜意。

在台北排隊熱賣的葡式蛋塔今天吃到了原始口味，皮蘇心軟，配上香濃咖啡，等再久也值得。

花藝課珍貴的花材「愛情花」在這裡白的紫的開滿地，恨不能捧回家一束一束插滿屋。

最後走到港口貝倫區，這裡留著葡萄牙大航海時代的紀念碑供人憑弔，人類總是在歷史中尋找尊榮，在現實中廝殺擄掠，人情味卑微的在論功行賞的時代裡苟延殘喘……

晚餐時老中青在拜薩區華麗的餐廳會合，我們一致認為這是觀光客才會來的餐廳，難以下嚥的食物，怎敵得過路邊燒烤海鮮的香味？

葡·西手札之四

【18，7月，2006】

　　7/4 IASL國際年會開幕，各國圖書館人雲集，在三面開放的櫃檯報到。寬敞的空間零零落落的散佈著填寫表格的人，有些收費的活動可自由選擇，大部分的人都選擇遊河，遊貝倫塔附近的泰加斯河。

　　10點開幕，螢幕上出現各會員國的國旗，翹首期盼著青天白日滿地紅，大家為台灣鼓掌，因為我們是下一個主辦國，會場外還設了一個攤位發DM。當天我以一襲旗袍與會，就被大家起鬨推到攤位上顧攤，發揮外貌協會的功能。

　　開幕結束就開始論文發表，本團16人有6人要發表，分別排

在7/5、7/6下午。發表時沒有觀眾是很尷尬的,看著老外的場子人潮洶湧,大家不免有些憂心冷場,即使其餘10人分配捧場,也是人數有限。此時行銷就發揮功能了,其中以師大附中李啟龍主任最厲害,兩天來不斷向老外自我推銷,來捧場的老外最多。單打獨鬥的效果畢竟是有限的,看出這個團隊的鬆散,但不是主其事者,也就不便多說。

當天還接到另一個任務,師大圖研所長陳老師說7/7閉幕式要出一個表演節目,沒音樂沒服裝又沒法唱站在高崗上,那就改唱高山青由昭珍老師與基隆高中郭主任清唱,大家把左腿的長褲捲起一半,赤腳跳山地舞。總共練了兩次極簡版的山地舞,閉幕式上笑果十足,目的達到了。會後老外紛紛來問我是不是教舞蹈的,No！It's my hobby.大家相約明年台灣見,豐中潘主任說我不能缺席,否則就沒人教舞了。

我總是以奇怪的方式存在一個團體裡,會跳舞的圖書館人！其實我還會裁縫衣服、打皮雕、打毛衣、玩樂器、登山、游泳……好奇的水瓶星星不放棄學習的機會,不允許自己老化,雖然已經有一把年紀了……

葡・西手札之五

　　7/5這天已有5人論文發表完畢，緊張的心情頓時鬆弛了，久存心中的葡萄牙悲傷音樂fado之夜該可成行了吧？

　　羅東高中侯主任是青壯團的馬首，立刻不遑多讓的打聽有名的餐廳及路線，最後選定上城區的faia，同行7人：師大附中李主任、陽明高中藍主任、中壢家商謝主任、羅東高中侯主任、邱組長、南投高商趙主任、我，一起搭著地鐵尋找葡萄牙的浪漫文化。

　　這晚正是世足葡義之戰，我們在喧天的喇叭聲中找到藏在舊城區的餐廳，矗立在山丘上的舊城，灰撲撲的建築在丘下蔚藍的海水映襯下，還真有一點蒼老的味道。挨家挨戶的店家飄散出浪

漫唯美的氣氛，看來這裡是個愈夜愈美麗的商圈。我們好奇的一家家張望著，大多是餐廳或Bar，也有精品店、書店……暈黃的燈光與舊城相輝映，散發著暖暖的溫馨，一股鄉愁頓上心頭，好想好想台灣的家與人……

在faia古典浪漫的情境裡我們點了一瓶葡萄牙當地的porto紅酒，在歌者渾厚滄桑的歌聲裡陶醉。如果你也在場，定也會和我們一樣質疑台灣的偶像歌手文化，悅耳動聽的美聲絕對勝過年齡與外貌，貌在藝先是台灣的奇特文化。

Waiter彬彬有禮的招呼著，從他們時而喜悅時而憂愁的表情裡可以讀出世足賽的勝負，最後個個表情憂戚，侯主任就很有技巧的問比數多少？回答的waiter都快哭出來了，餐廳外的長巷偶爾一聲喇叭，是哀悼輸球嗎？

已經是夜裡11點了，有人擔心著回程太晚沒地鐵可搭，大家只好很捨不得的在弦樂伴奏的歌聲裡與faia告別，帶著葡萄牙當晚浪漫的悲傷沒入地鐵隆隆的車聲裡。

葡・西手札之六

《21，7月，2006》

7/6上午十幾個人浩浩蕩蕩的搭地鐵到市區，城市尚未完全清醒，路中間的咖啡座空蕩蕩的在晨曦裡兀自寂寞，我也寂寂的在這裡落單了，在約定的時間地點等不到他們……

起因在於我不想上這座高塔觀望，覺得搭著電梯上去又下來有一點傻，就自作聰明的去逛街，卻又不耐煩久等，等了十分鐘又回到店裡，在店裡又覺不安再跑出來等。就這樣來來回回的好幾趟，終於把自己弄丟了。

等到中午12點半，就不巴望他們來找了，就這樣回去嗎？不！口袋裡有一張車票，可以在一天之內搭任何大眾運輸N次，我要去搭E28號電車。凱旋門前的廣場上好多站牌，獨不見E28，詢問他線電車駕駛，告訴我在三條街後右轉處。

搭著老舊的黃色電車，在高低起伏頗大的路面行駛，往來

旅 行　157

的行人與汽車時與電車爭道，甚至要停下來等擋著鐵軌的車輛移開，所以車速相當慢。每一站都有乘客上下，我也不知要到哪裡下車，就索性坐到終點站，趁便觀賞沿途景色。一幢幢古色古香的建築從車旁倒退，有幾家看起來很不錯的店面在路邊招展著，一個人終究還是不敢隨便中途下車。

到了終點站，感覺好像是舊城區的貧民窟，建築新舊夾雜，還看到老中的招牌，哪裡是百貨公司呢？想找WC，跟著人潮走上很像百貨公司的旋轉樓梯，更確定這裡是貧民窟，一間一間狹窄的店面很像清水菜市場的攤位，有兩家老中在這裡賣衣服，所幸公廁還乾淨，然後速速離開不敢久留，聽說貧民窟盜匪多。

太陽蒸烤著地面異常炎熱，找個地方歇腳吃飯吧。匆匆繞過路邊橫躺的流浪漢，在紅磚道上尋尋覓覓，停在一對葡萄牙老夫婦開的小吃店前，望著平民美食垂涎。點一盤飯，澆一杓帶骨牛肉，一份沙拉，一碗水果。店主人不會說也聽不懂英文怎麼辦？此時才恍悟世上最偉大的國際溝通是阿拉伯數字，這餐只有5歐元，200台幣，是我吃過最便宜的餐點。

餐後不敢久逛，也不敢任意拍照，可總得知道我到了哪裡，就在車站附近的公園拍了一張。回來後翻書，才知道我歪打正著的到了我一直想去的阿爾發馬舊城區，只是當時緊張並小小的害怕，沒能多逛。

回旅店才是問題，沒記住地鐵站名，好在第一次出門時跟著李主任拍了一張地鐵路線圖，當時想萬一迷路了還找得回來，不想就真的迷路了。就這樣對照著相機裡的路線圖搭車回到旅店，找著導遊耍賴的罵了她一頓死導遊爛導遊……

《25，7月，2006》

葡・西手札之七

　　一群人晃盪在街上向里斯本做最後的巡禮，明天就要拉車去西班牙南部的塞維亞。此去不知何時再訪？

　　大家都有些不捨，覺得這是一個很值得留戀的地方……

　　7/7一早的閉幕式只有兩個程序：IASL會長及有關人員致詞、會旗交接。昭珍老師上台接旗致詞，然後就是我們跳舞。台下笑聲掌聲齊發，我們算是為大會做了一個快樂的結束，彌勒佛似的會長來致意，就被我們圍著照相，相約晚上聚餐。

　　我們一群健足，是不會放過下午的自由行，這回去上城區的百年咖啡店，唇齒留香的甘醇，鼓動著我不辭千里的帶回1kg 10歐元的咖啡豆。

　　值得回味的則是咖啡店外街頭合唱，我們拉著遊唱藝人伴奏高山青，就這麼當街唱起來，咖啡座上的老外們報以掌聲，主任

們在異國釋放平日的矜持,這是心隨境轉,備戰的武裝卸除了,在陌生人面前不須講究形象反而自在。土庫的吳主任真是英雄本色,馬上就搜索到一位異國美女要求合照,眾男士們立刻蜂湧相邀,真是……

　　晚餐在一家華麗的餐廳,老外起鬨要我帶他們跳舞,就把他們串成一溜跳兔子舞,用團康的方式打發,倒是席間的白葡萄酒令人印象深刻,是porto與櫻桃之外的另一個特色。一餐飯吃了3小時,最後又搬出當年登山社的so long my friend與老外唱別離,為里斯本之旅畫下句點。

葡·西手札之八

　　從里斯本到塞維亞拉車6個小時，這是出門的第8天，覺得時間過得好慢，大概是想家了……

　　進入塞維亞，氣溫驟升10度，42度的炎陽下只有傻觀光客在街上走，整座城市都在夏眠，偶爾幾聲達達的馬蹄，搭配古老的建築，彷彿走入時光隧道。瞅著自己現代的裝扮，恍恍然以為穿錯服裝了，好像應該穿著蓬蓬長裙，戴著寬邊軟帽坐在馬車上。不！我還是不要坐在馬車上吧！坐在馬車上就看不見馬車的美。拿起相機拍了白馬與黑馬，放在心底的夢裡。

　　看了一座教堂，拍照，心神已馳萬里鄉關，沒什麼感覺的跟著人群，之後幾天總是如此，似乎在捱著回家的日子。

　　晚餐在一家氣氛優雅的餐廳，牆上一幅幅的畫作裝點出藝術氣息，西班牙的食物美味多了，餐間紅酒或白酒是老外的習慣，從容不迫淺淺的品嘗，增添了幾分用餐的雅興。

　　第一次這麼近的觀賞佛郎明哥舞，這個舞的重點在腳力，重重的跺在地板上，彷彿看到許多正被鬥牛士挑釁的牛，甩擺著牛蹄準備上陣應戰。幾位妙齡女郎舞得熱情奔放，媚惑得觀眾熱血澎湃，可惜不能拍照，只好默默的把舞姿記在腦海裡，改天再如法炮製一番。顯然大家都被西班牙的舞蹈蠱惑了，第二天離開旅館上車時，都買了一副響版，一把扇子，打算回去跳佛郎明哥舞。

《30，7月，2006》

葡·西手札之九

　　一早整裝離開旅館，到塞維亞的最後景點，蜻蜓點水般的走過這個西班牙南部的小城，腦海裡還留著前一晚佛郎明哥舞的影像……

　　7/9下午自塞維亞搭機飛往東北角的西班牙第二大城巴塞隆納，從摩登的建築看得出這是一個現代化的國際都市，密密麻麻的私人遊艇泊在地中海蔚藍的海邊，想像著乘風破浪的海闊天空，不由得啟動了心底極深極深的嚮往。

　　在巴塞隆納的兩天主要是看世界級建築大師高迪〈Gaudi〉的作品，7/10上午參觀奎爾公園，這是1900~1914年的作品，感覺高迪是個用力、複雜又極其細膩的人，和一般隨性、浪漫、誇張的藝術家不同。尤其詭異的是在複雜中充滿童趣與神祕的矛盾，成就了突兀而固執的作品，堅毅不拔的鶴立於巴塞隆納。

在奎爾公園有一個意外的收穫，一個吉他手在路邊自彈自銷他的CD，悅耳的音符打動了遊客的心弦，順道買一張並留影，這是我一路來收集的第3張CD，採集異國音樂是旅行的嗜好，第二天又在險些走丟的情形下買了兩張西班牙音樂，我大概比較適合自己旅行，就不會有走丟的問題。

這一座1882年動工的聖家堂，是高迪的曠世傑作，據說要蓋300年才能完工，吸引了世界各地的觀光客前來朝聖，在施工中的建築物裡萬頭鑽動。高迪的複雜細膩在這裡發揮到極致，每一個正面都能說一段聖經故事，人物雕像栩栩如生的駐守在壁面上，複雜細膩而不失其美。在這裡我看到了永續經營的兩個要素：尊重與認同，對藝術的尊重與大眾的認同，是推動這項工程繼續的動力。如果只有藝術沒有大眾認同，藝術充其量不過是曇花一現的短暫話題，焉能締造永世其傳的感動？

7/11上午去看高迪的米臘之家，這是1906~1912的作品，也是高迪設計的最後一幢民用大樓，結構特點在於以柱子承重，整個大樓的重量不需要壓在主牆上。在居家的設計上則看到了高迪溫暖柔軟的樣貌，這是居家的高迪，平易近人而大眾化的高迪。

巴塞隆納還有畫家畢
卡索〈Picasso〉，畢卡索的
作品存放在13世紀的建築物
裡，這裡是禁止拍照的。從
青少年的畢卡索一路展示到
老年的畢卡索，從寫實到寫
意，大塊大塊揮灑的老年，
輕鬆一筆就帶過多少滄桑，反而能更貼近現實生活應用的美。何
以人總要等到老來才知如何生活？

　　巴塞隆納是一個藝術之都，匆匆兩天怎能盡觀其美？還有海
邊夢中的遊艇呢？來不及邂逅地中海的浪漫，接淅而行的歸心倉
促得連拍照都懶怠了，下次吧！寄望一個不再走丟的下次。

◖03，8月，2006◗
葡・西後記

　　回來以後細細的回憶，慢慢的敲著鍵盤，晃眼半個月過去了，神思也跟著脫離現況，雖然照舊在辦公室出沒，卻感覺離這個場域好遙遠……

　　7/12午夜抵家門，與兒子檢視著帶回的戰利品，照例把剩餘的國外銅幣給他收著紀念，拙於買禮物的媽媽，只會賞給兒女手錶，看時間已不重要，不過是流行配件罷了。

　　貓兒嚕嚕呢？7/13上午去動物醫院接她，說好洗個美容澡再帶回的，可是進得醫院貓居卻見她仍在籠裡，店員說貓兒極怕陌生人，不讓人接近，「乖貓媽媽回來了」，一把撈在懷裡輕飄飄的，「這不是我的貴妃！還我貓來……」心底的小孩哭鬧著……半百紅顏卻優雅的與店員交涉著近況……等家去再與心底的小孩一塊兒哭……懷抱裡的貓兒微弱嘶啞的喵聲……形銷骨立的樣貌……這十多天不吃不喝嗎？滿臉的眼屎已不會洗臉了嗎？店員說貓兒聰明會開門逃亡，我卻看到聰明背後亟欲逃亡的恐慌……有時候聰明是不得已的心酸……

　　家來的三五天，我只要吃東西就拉肚子，索性中午就不吃了，把自己丟在萬家富的泳池裡，看浸身的冷水能否取代歐風過膚的冰涼？假日裡再去BEING Spa修復稍稍走樣的軀殼，總是在意著這副臭皮囊，在化作白骨之前要儘量維持在最好狀態，如果

能夠，為什麼不？

　　趁著圖書館新添DVD櫃，用多出的櫃子把辦公空間重新區隔，隔了一個像樣的區域，看能不能圈住離神的心思？跟設備組借了錄音機，從家裡帶一副耳機，把英文練好一點，這是目前唯一覺得有意義的事，其他……當一天和尚撞一天鐘……

◀31,7月,2007▶
京阪神手札之一

　　我以大唐的魂魄回來，來看我洛陽的子孫……

　　7/6政大學行碩一行30人展開為期5天的境外參訪，飛機在大阪關西機場落地。雖只是短短3小時的旅程，卻抵擋不住清晨4點半就起床趕早班機的疲憊，出關後坐上遊覽車忙不迭閉目補眠，實也無暇讚嘆這座填海興建的雄偉機場。

　　第一天下榻仿自洛陽城的京都，車子在洛東、洛西穿梭，心神恍若落入大唐的時空徜徉，炎黃子孫的驕傲油然而生，禁不住在車上脫口朗誦：「我以大唐的魂魄回來，來看我洛陽的子孫。」好驕傲的阿Q啊！只能從輝煌的歷史裡尋找精神式的勝利！面對保存得如此完好的古城能不汗顏？京都啊與您相約後訪有期。

　　安藤忠雄的現代化建築是古城的風景，我們在京都車站仰望

著一代建築大師的宏偉傑作，好像除了拍照留念也沒有更好的讚嘆方式，此時方悟拍照的神聖意義，豈是到此一遊能了？

　　祇園的神社張燈結綵，頗似台灣廟宇裡的光明燈。夜探花見小路卻錯失了與藝妓合照的時間，倒是路邊林立的居酒屋，是接下來幾天夜夜巡訪而不得一席的遺憾，於是真正了悟日本人居酒文化之昌盛，吾輩是望塵莫及了。

京阪神手札之二

《03，8月，2007》

日本人過陽曆節，今天7/7是他們的七夕祭……

嵐山渡月橋是京都近郊的美景，蒼松敧斜著幾分古意，搭配河岸招展的紙幢，恍若踏入聶小倩的幽冥靈界，顧影回眸已成千百年時空錯置的雪泥鴻爪。

在觀光火車上飽覽保津峽蜿蜒宏闊的水湄山崖，總覺遠觀不若親炙，貪婪得想牽裳涉水、濯纓濯足，沉湎在山水的懷抱裡忘歸。

嵯峨野的茂林修竹是通往大宋的時光隧道，我欲尋訪竹叢裡的同鄉蘇軾，問他俗也不俗？我亦有竹！

松影金閣倒映五百年的歷史，這座列入世界文化遺

產的金閣寺如今只能遠遠的拍照留念，遐想著當年足利義滿將軍的意氣風發。清水寺是京都另一座世界文化遺產，七夕祭的儀式在這裡進行得如火如荼，善男信女蜂擁而至的結彩求情緣，我遠遠的避開人潮，避開這個消受不起的氛圍……

　　神戶瀨戶內海的豪華遊輪是今日浪漫之旅，搔首弄姿的與遊輪合影，慶祝小小的乘風破浪。船上的歐式自助餐極美味，許是同學相處甚歡氣氛加持，許是七夕祭節慶氣息氤氳，更或是海上霧靄煙波漫天的媚惑……我們下船後遍尋一處可以歇神的居酒屋……

【05，8月，2007】
京阪神手札之三

日本人愛乾淨處處可見，以古蹟觀光點為最。

7/8日這天參觀神戶的北野異人街道區、國寶姬路城、倉敷美觀地區、岡山後樂園。

異人者，外國人是也，不過幾幢西式古建築耳，無啥特殊之處，照例拍照存證到此一遊罷了。姬路城則大為可觀，600年的世界遺產，入內參觀者人人得換拖鞋，鞋子擺在塑膠袋裡拎在手上，等到出口再換鞋交回塑膠袋。這樣不厭其煩的陣仗在參觀清水寺及東本願寺時已見識過，隔天參觀中小學亦然。是愛乾淨，也是保護木板地，不穿鞋也挺舒適，有家的感覺，心裡小小的溫馨，想著學校若有這樣一處閒適休憩之地好像也不錯……

在倉敷美觀地區採購了一些小小的當地文物，日本的精緻整齊類似英國，細膩的美感在商店櫥窗展現。我總是避開珠寶金飾，尋一些心裡惦念的記憶，可以不經意就想起的隨手留念擱在懷裡。所以總是一個人踩街，找一些別人看來不起眼的東西，情淺時像廢物，情深時如至寶……

　　下榻岡山是為了明日參訪學校便利，這個靠海的小鎮盛產白桃，穿鑿附會了桃太郎的故事，熊熊然勾起了童年的記憶，那一段擠著看漫畫的美好時光……在劍拔弩張的成人世界裡是回不去的痛。

　　後樂園寧靜清悠雅緻的招攬著疲憊的靈魂，就在這裡歇著吧，走不動了……三天來趕集似的腳程補足了年來欠缺的運動量，明日一整天的參訪如何能了？

◖06，8月，2007◗
京阪神手札之四

　　7/9這天人人衣冠楚楚，一眼望去黑與白是主流色彩，嚴肅的場合似乎與繽紛色系抵觸，總以冷硬標示不可輕忽的任務。

　　目的地吉備高原學校，車往郊區行駛兩個多小時，就在感覺即將遺世獨立的時候到了吉備小學。這是一所充滿人文關懷的學校，以完備的無障礙設施為身障兒童打開就學之門，事實上90%以上都是一般生，坐著輪椅上課的僅兩三人。

　　我們換上拖鞋參觀所有設施，簡報室裡聽校長簡單的報告學校特色，這所學校獲得了許多建築獎項，我對他們的課桌椅很感興趣，可

以調整高低的設計很有
創意。儲物櫃有輪子，
連抹布都乾乾淨淨的有
歸宿。開放式的協同教
學空間，並不會因沒有
隔間而吵雜。

日本到處是漢字，
炎黃子孫又驕傲起來，可禮儀之邦卻要拱手相讓了，連擦肩而過
的人都是謙和有禮的，這樣的民族真不能小覷，以後可別再說小
日本了。

　　吉備高中是公辦民營的學校，創校宗旨在於尊重人類居住、
注重人民福祉。學生老師全體住校，照例一進辦公教學區就要換
拖鞋，上洗手間還要另外換專用拖鞋。這所學校類似台灣的綜合
中學，有職業類科，陶藝、縫紉、建築……走廊的時鐘是雙面
的，上下課不敲鐘，由學生修剪的草坪創意十足。

　　吉備國際大學有七位台灣交換學生，社會學部是該校主力，
其中以文化財修復學研究科為其特色。我們參觀了文物修復室，
隔著玻璃窗看到正在修復畫作的情形，紛紛讚嘆他們保存文物的
用心，我們是難忘其項背。

　　從八點出門折騰到下午四點半，終於伴著濛濛細雨下山，沿
途村舍飛逝，拿起藏了半天的相機捕捉窗外的風景，總是抓不住
速速飛掠的樹身屋影，人生不也是這樣？匆匆錯過竟的是心中默
許的永恆……

　　有馬溫泉是今晚美好的歸宿，對泡湯達人來說，去日本就是

為的泡溫泉，一宿怎夠？鮮的是穿著浴衣閒晃是此處泡湯規矩，大家紛紛跪坐拍照留念。晚餐懷石料理的餘興節目是令人瞠目結舌的湯師變魔術，大家都驚佩湯師百忙中還能有空學魔術！對我們這些後學老小來說，秦、湯二師簡直就是神人，豈是崇拜了得？

京阪神手札之五

　　7/10一早離開有馬溫泉，前往大阪準備離境，離境前放生大阪道頓堀自由行。

　　大夥兒依依不捨的在有馬拍照留念，這是最後一處風景了，也是日本居酒文化之外的另一大生活文化，總算見識到了泡湯哲學，回台灣後可要發揚光大之。

　　道頓堀是購物商圈，一聽到自由行就雀躍不已，幾天來懸著想找日本音樂的心事終可實現了，解散後立刻飛奔十字路口的書店三樓，拿起耳機挨家挨戶的試聽，最後買了中森明菜的演歌和松下奈緒的Moonshine，算是向自己的旅遊原則交差，這樣就混了一個多小時。

　　還要逛什麼呢？並不想在日本買衣服，小小的在兩旁店家晃晃就好，往巷道深處彎去，一爿布莊遠遠的向我靈魂深處招手，好漂亮的日本花布好便宜啊！一塊一塊的摸挲著，卻告訴自己別帶回家，已沒有閒情逸致再縫衣服了，那是記憶深處的階段人生……孩子小時不能往外跑就待在家裡縫衣服，去台中市吳響俊布莊扯幾碼布家來設計剪裁，從洋裝做到大衣，一本一本的洋裁書散在地板上陪我度過無數個晨昏……現在要達成的是另一個艱難的目標，一個不一定走得到的目標。

　　還是隨手撿了兩塊花布做家飾，當作是日本行偶然圓起的小小私房夢，為過往的人生補一個紀念。

　　避開午餐的人潮晃到兩點才去小嚐金龍拉麵，這幾天吃下來愈發喜愛日本料理了，少少的精緻美食很適合當下的年紀，半百之年以不餓不吃為原則，減輕胃腸的負擔。

　　又回到關西機場，來去匆匆五日，在人生的旅程裡又多了一筆旅行紀錄，記錄著此時此刻相伴相與相為的同窗情誼，應是來年記憶深處美好的惦念。

校友

遺失的金磚

　　一邊打包行李一邊想著尚未交差的特刊稿件，猶豫著是否展延南下故居的時間……

　　因為美展耽擱了特刊大事紀的完稿進度，特請登華組長幫忙完成35年至85年之間的初稿，我再續成潤飾。

　　從校史室借回一疊資料以為增補修改之據，逐年翻閱比對之後，深覺60年來遺失了許多可貴的資源，如果校友是一種資源，其有形與無形的價值或可等同於金磚。

　　在40週年校慶特刊裡發現了清中旅北校友會，是民國47年一群台大清中校友發起，每年由旅北各校校友輪流辦理聚會，母校師長代表北上列席。活動記錄到62年，就再也找不到任何線索，一塊閃閃的金磚就這麼憑空蒸發了。

　　或是旅北的校友人口衰退，或是社會的轉型變遷使人情澆薄。近日尤覺金磚之難尋易失，許是細水長流的資源不適以臨陣磨槍之速成法對待。

　　沒有文字記載的口述歷史，往往會跟著記憶力的衰退而生變，可嘆多年來校史的記錄未獲規劃，只是依附在校刊裡，很容易與紙本刊物同朽。或可期待來者，追回遺失的金磚。

【27，5月，2006】
他們的世界

校慶已過，工作未了，
乃因60週年特刊另增內容。
這項工作歸淑芳統籌，分內
的部分早已完工，卻因淑芳
屢屢相商求助，素憐這位用
力工作的小妹妹，況是清中
事，能效綿薄亦是榮幸。

增加的內容有一部分是
採訪歷任校長及傑出校友，
其中幾位需登門採訪，上週
接連3天出訪。尤以5/24當
天最密集，台北、鶯歌、新
竹一日殺青，往訪林隆達、
陳士侯、陳文村，之前訪王
誠隆，之後訪王煉登。連著
3天奔波，家來已無餘力開
機撰稿，深恐日前疹塊紅腫
之症復來，但覺睏倦便歇。
雖寫文章是易事，卻甚勞

神，完稿於是不若預期之速。今日趁學校巡迴監事之隙伏案撰打文稿，訪談鉅細歷歷在心，思之感觸良深。

林隆達在「泥舟書屋」裡寫字造意，神韻在筆尖飛舞，靈感因人而異，送我「鳥歌華舞」，送淑芳「春華秋實」，顯現了方家觀人之神速。

陳士侯的瓷版鍾馗百態，活脫脫就是他的個人秀，一襲白色印花東方罩袍，是現代版的十八羅漢，模樣粗獷有味。以蓋碗茶杯相贈，並熱心的示範蓋碗茶的喝法。

清大校長陳文村不厭其詳的敘述清中歲月，記憶之深彷彿曩昔如昨。他是第一位本土清華校長，期望自己能做完兩任校長退休。

最令我瞠目結舌的是王煉登，這位藝術家兼發明家，70歲仍有無窮能量的老人，籌備了八年的普藝大學，不草率成立也不輕言放棄，不被他感動也難。

我在他們身上看到成功在於用力工作，成就在於經年累月的蓄積，不抄短線，沒有捷徑，不輕言罷休。他們的世界是一種專注執著的樂在其中，決心如鐵、毅力如鋼，柔軟的是呵護理想的無微不至。看了他們的世界，你會感染他們從事的熱忱，想想自己動輒退怯的脆弱，會不會堅強些呢？

訪陳文村校長

　　從新竹交流道下來，清華大學就在不遠處，到大門口換了證件直駛校長室所在的行政大樓。在高樓林立的校園裡，行政大樓顯得格外低矮而失其所大，我和淑芳都懷疑校長真的身處其中嗎？求證路人甲、乙、丙，均如是說，原來清華的校長如此低調。

　　美國加州大學柏克萊校區　電機工程與計算機科學系 博士
　　國立清華大學　校長
　　國立清華大學　電機資訊學院　資訊工程學系　講座教授
　　研究領域：無線網際網路、寬頻通訊網路、平行系統及演算法

一邊翻閱著葉秘書提供的陳校長資料，一邊聆聽校長述說著如何由核工轉入資工。

「我是清華大學核子工程系畢業的，當時大家都認為石油總有一天會耗盡，核能是最有潛力的替代能源，核子工程仍是大學聯考的熱門科系。那時候沒有廉價的計算器，大學生是用計算尺做繁複的計算。我大學四年級才第一次接觸計算機課程，深受計算機程式的功能所吸引。大學畢業服完兵役後，即於1971年赴美國加州大學柏克萊分校留學，由於大學學長的引介，知道柏克萊加大有很好的電機工程與計算機科學系，我考慮經濟情況應可再支付一年的學費與生活費，就毅然決然的於1972年春季轉讀電機工程與計算機科學系，1976年初拿到博士學位。」

「當時台灣的資訊學術環境並不成熟，大部分的留學生都留在當地工作，您選擇回台灣的動機是什麼？」

「對我來說，不回台灣是我完全沒有考慮的問題，也許因為我是鄉下農村長大的，對自己來自的地方有多一份的感情與眷念。1976年3月10日博士論文提交到學校，當天晚上我即搭機回國，任教於清華大學母校。」

「談一談您回國後的學術生涯？」

「回國後的前幾年,可說是在做拓荒的工作,相關產業尚未萌芽,學術研究環境也亟待提昇。我在1980年代設計出全國第一部資源共享區域計算機網路、第一顆平行處理晶片及第一部平行處理系統,發表七十多篇資訊與通訊學術論文。此外,亦積極參與科技的研發推動,先後擔任工業技術研究院、資訊工業策進會、交通部、經濟部等單位的顧問。並主持經濟部與國科會產業技術開發計畫審查委員會,輔導產業技術研發。另借調到教育部擔任顧問室主任,負責推動大學科技與人文社會教育改進。」

陳校長娓娓細說著他的學術生涯,這二十多年不懈的耕耘,已使我國躋身世界第三大資訊、及第四大IC產業國,在台灣資訊、通訊產業發展史上功不可沒。是怎樣的機緣造就了這位出生在大肚鄉的鄉村孩子呢?

「我是民國52年清水初中畢業,在學校的時候數學最好,初二時還得過數學演算比賽冠軍。我和交通部政務次長蔡堆同屆,比聯電曹興誠晚一屆,我不是最優秀的,我們那一屆最優秀的是陸仲才。清水中學人才濟濟,大部分都是農家子弟,我從小就幫著家裡割稻、放牛、採西瓜,後來放棄直升清水高中報考離家較遠的台中一中,才暫時脫離農事,不過暑假仍得回家幫忙。」

看來勞動筋骨是鍛鍊的好方法，成功的因素當不只靠天資聰穎。在陳校長儒雅沉穩的氣質裡，我看到了堅毅、熱忱與踏實的特質。

　　「清水純樸的風氣依舊，但是大環境不斷轉變，升學趨於多元，對母校學弟妹在面對未來的選擇上，您有什麼建議？」

　　「選擇自己的興趣，不要受外在環境的限制。對學術研究要執著，知識發現的樂趣、受社會的肯定與尊敬，是你最大的收穫。另外要保持追求知識的好奇心，將有意外的收穫，甚至開創璀璨輝煌的一生。」

　　「談一談您未來的生涯規劃？」

　　「希望能做完兩任校長後退休。退休之前則致力於清華大學的經營與開創，期望發展清華大學成為具國際水準的一流大學。」

　　時間已推移至午後5點，陳校長的行程緊鑼密鼓，雖然很想繼續聽校長講故事，卻也不得不起身告退，校長很細心的叮嚀我們停車證要記得蓋章。揮別陳校長，揮別清華大學，也揮別採訪的最後行程。

訪王煉登教授

1933年2月11日生

台中縣清水人

國立台灣師範大學美術系畢業

1958德國政府獎學金赴德研習工業設計／福克旺造形學院，埃森

1967-1969

現任

普藝中心總裁

普藝大學籌備委員會主任委員／創辦人

普藝開發股份有限公司董事長

普藝創新育成中心計劃主持人

中德技術合作研究會創會第一任暨第二任理事長，現任常務理事

曾任

大葉大學造形藝術學系創系主任暨造形藝術研究所、工業設計系
研究所教授

國立台灣師範大學美術學系研究所兼任教授

　　走進台中市敦化路的普藝創新育成中心，兩側張掛著普藝
的宗旨與目標，300坪的辦公空間依功能分隔成6個區域。進門處

　　陳列的是王教授的玻璃設計作品，從茶几、器皿、彈珠，到左青龍、右白虎，作工之精美不輸琉璃工坊。中間左側展示著原住民的圖案設計作品，應用在家飾、飾品、包包、酒瓶上。後面有一間張貼著教授的秘密武器，是一系列尚未問世的「地球村時盤」解析圖，原來教授還精通地球科學。他的專業畫作則閒閒的掛在四周的壁上，靜靜的等著知音的青睞。

　　王教授多年來在繪畫創作之餘，尚從事工業設計與商業設計的研發，執著的程度從他籌備的「普藝大學」可知，念茲在茲的推動應用藝術，認為藝術理應深入大眾生活以達「藝術生活化、藝術產業化」之藝術最終目的。

　　從辦公室移到對面大樓的工作室，王教授捧著甫裝訂好的「地球村時盤」、「普藝大學籌備計畫」、「人才培訓計劃」贈與清中圖書館典藏，又拿出紙版地球村時盤相贈。工作室也是王教授的住處，一樣是陳列著創作成品，卻多了幾分家居的柔美，一幅檳榔西施的油畫搶走了所有的視線，增添了室內些許活潑的趣味。

「當初為了畫檳榔西施到處去拍照，還被人追著要打。」胡小姐一邊解說一邊張羅著教授的訪問資料。

「您是本校第一屆校友，能不能分享當初的學習過程？」

「人在一生中總有一些影響自己的關鍵人物，當初楊丁老師一席話決定了我的一生。清水初中畢業有幸獲得保送師專的資格，本來是想讀臺北師專美術科，楊丁老師卻勸我先把普通科的基礎打好，以後再考師大。我於是改選台中師專普通科，因而遇到了影響我一生的林之助老師，師專畢業後參加第一屆大專聯招，考上師大藝術系。1967年考上德國獎學金，赴德研習工業設計期間又蒙王永慶董事長、葉火城校長照顧，得無後顧之憂，而全力投入學習。」

「您目前最想達成的願望是什麼？」

「在學術上鑽研的成果，尚未形諸著作留下，必須趕快努力。尤其在藝術的詮釋方面，可以導正現今台灣藝術文化上之亂象，應快完成。以自己的設計專業提供產業界產品研發之範例，此一工作尚未完成。新大學之籌設尚未成功。」

「對清水高中有何期許？」

「清中曾培養出不少傑出人才，在中部海線地區已是一個非

常重要的中等教育學府；今後應不斷再提升教育品質外，更期待創造突出的特色。」

「給學弟妹幾句勉勵的話吧！」

「在中學階段是培養個人基本能力的最重要時期；也是設定未來目標的決定性時期，同學們應該掌握此一重要人生契機，全心全力下功夫。」

常說人生七十才開始，似乎正是王教授的寫照，在他充滿希望的工作熱忱裡，看不到老之已至的衰頹，有的是熱心從事的無窮能量，不停闡述著辦校的理念，起身告退時還不忘邀約學校師生參觀普藝創新育成中心，並且希望能安排時間回母校演講。帶著王教授的叮嚀及對普藝的驚嘆離開，藏在心底的能量似乎被啟動了，人生是不必輕易退怯的。

◖31，5月，2006◗
飛香港

　　逢甲圖書館班要結業了，在羅東高中黃文棟主任的建議下，這次畢業旅行要走出台灣，梁副館就策劃了香港移地教學活動。

　　時間訂在6/2、3、4三天，參訪香港顯理中學及中央圖書館。

　　這幾天在趕著完成採訪稿，趕稿是痛苦的事，尤其是沒有完整的時間與安靜的空間，總是有一些雜七雜八的事間插著處理，被打斷的思緒又要從頭開始。

　　寫文章需要思考，要把口語化的意思轉換成文學美文，有時候沒有感覺就是寫不出來。心裡沒有東西難以成文，心裡的東西靠平日的累積與思考，感之於心然後發為文章。為裝飾而寫文章

是難度最高的，因為沒有感覺，不是心裡的東西，對我來說是折磨，心智的折磨有如失去自由，是可怕的鉗制，要速速逃脫。

飛香港，可貴的是飛，在夢裡點地起飛的能力在清醒的世界只能藉助於飛機。飛，大概也是自由的渴望，工作久了，遷就現實久了，就要飛一飛解壓。所以，有餘力飛出國就飛吧！轉換空間也是增加能量的方法。

◖07，6月，2006◗
朱經武

　　6/2清晨3點離家，6/5凌晨1點到家，早出晚歸的在香港足足待了3天，最大的收穫是採訪到朱經武。

　　香港參天矗立的高樓，櫛比鱗次的密集排列著，樓樓20層以上，空間的利用發展到了極至。街上跑的雙層巴士、雙層電車，樣樣都是精打細算的利用空間，這是一個擁擠卻不窒息的城市，甚或還有一點點愛上它的便利，愛上地鐵四通八達且轉乘人性化的便利。

　　中環半山的手扶電梯是一絕，體貼的讓遊客輕鬆的到達山腰夜店，一家一家人煙雜遝的夜店，散發著繁華時尚裡輕輕的頹廢，媚惑著路人浪漫的情懷，下一次吧！和香港約下一次相見於此吧！

　　6/3早晨9點從銅鑼灣海景飯店出發，朱校長的駕駛踩足了油門往九龍清水灣奔去，海與樓景就在窗外、車底速速的倒退，漸漸告別了繁華擁擠，停在山林翁鬱的香港科技大學校園。校園泊著巴士，像是有什麼活動。駕駛劉九轉十八彎的引著我們（女兒同行）到了校長室。

　　朱校長不能免俗的驚嘆著我的身高，寒暄著落坐在窗前的沙發座，這是一片面海的落地窗，牛尾海沉靜的妝點著窗景，我肯

定這是世外桃源。茶几上一盆朱校長自己養的蘭花，紫魅魅的忍不住要多看一眼，倒也看到了朱校長的雅興。

朱經武滔滔不絕的講著港科大往後15年的遠景，以追求卓越為目標，正在籌備高等研究院，由朱校長擔任院長，目前已網羅了8位諾貝爾獎得主為研究院國際顧問委員會成員……採訪中不經意會溜出幾句英文，還好有女兒助理，能夠馬上紀錄，補了媽媽的不足。養女如此，堪慰老懷。女兒也高興的感謝讓她見了世面，嚷著要和朱經武合照。

朱校長很健談，如果不是張助理來提醒行程，還會繼續跟學政治的女兒吹牛，差一點就要講到他學醫的女兒，下次吧！下次再與朱校長相約在九龍牛尾海濱的校長室或院長室，談一談他兩岸三地的科技大一統理想。

訪香港科技大學校長
高溫超導專家 朱經武博士

朱校長與高溫超導

1987年1月，朱教授成功地發現了新超導材料，打開了高溫超導研究的大門。同年，他出任全球規模最大的美國休斯敦大學德州超導中心首位主任。

朱教授他屢獲殊榮，包括美國科學界最高榮譽的國家科學獎、太空總署成就獎、孔士德獎及國際新材料獎、「世紀動力」選為本世紀在氣電方面最具影響力的一百位人士之一。他獲頒授七個名譽博士學位，又擁有五個榮譽教授的

頭銜。

朱教授著述豐富，曾發表逾450篇學術論文，又合編多部著作，為百科全書及科學年報撰寫科普文章。

香港科技大學在九龍清水灣蓊鬱的山林間聳立分布著，牛尾海橫臥在校長室落地窗外，形成一幅自然的水墨風景畫。第七屆傑出校友朱經武博士是這裡的第二任校長，於2001年接篆視事。

走進朱校長的辦公室，鄭板橋的「難得糊塗」拓印墨寶掛在辦公桌後方壁上；右手邊的茶几，擺著一盆朱校長自己養的蘭花，暗紫紅的花朵為嚴肅的空間增添了些許柔美，也顯示了校長風雅的生活面。

「科技大學的成立對以商業經濟掛帥的香港來說是創舉，肇因於中英談判回歸決定後，港督警覺到香港回歸後勞動密集必會轉往大陸，就在1986年決定以工業大學留住工業。乃於1989年斥資港幣30多億在清水灣建校，1991年開始招生，迄今15年，與香港大學100年的歷史相比，是一所年輕沒有包袱的學校。」

「這樣的學校有什麼優勢？」

「創校時有充裕的經費，可以預先禮聘一流的老師、採購一流的設備，然後再招收學生，給學生最優質的教育環境。因

為沒有包袱，行事上就有很大的彈性。15年來本校辦學效果之優異大有可書之處：（1）EMBA排名全球第二，僅次於傳統的MBA名校華頓（Warton）。（2）製造出全世界最小的奈米碳管。（3）發現造成精神分裂的五個基因之一。（4）建立香港的互聯網。（5）建立香港機場的風測預測系統。此外在人文社會科學方面的師資亦足稱道，人文社會科學院的院長丁邦新院士是師承趙元任的國際語言學家。另有史學專家張灝院士為專任教授。」

「年輕的學校在未來的發展上有沒有困境？」

「科大學生人數少，相對的校友人數也少，在校友網絡方面獲得的資源就有限，這是年輕學校的弱勢。創校初期充裕的經費優勢也會因學生數少而分配額度減少，今後除了加強募款外，還要擬定往後15年的發展策略。」

「校長是不是已胸有成竹？」

「我在2005年6月公佈科大『2005~2020策略發展計劃：追求卓越』，計劃以20億港幣擴建校舍，成立香港高等研究學院，仿效美國普林斯敦高等研究所，希望吸引世界學術明星來香港，讓科大學生直接與世界級大師接觸。我期望把自己成功的經驗複製到科大，我在美國讀研究院時，很幸運能與諾貝爾得主的學者成為朋友，對我日後的研究有很大的幫助。」

「校長對科大的學生有很高的期望？」

「我要培養新一代的通才學生，目前正在進行課程改革，計畫增辦『創新與科技管理學院』，結合現有工、商、理三學院優勢及學科知識，培育新一代技術人才及企業家、明日領袖。」

朱校長滔滔不絕的描述香港科技大學的遠景，深恐我不能明白，特地秀出notebook裡的科大校景圖片，指出緊鄰科大的高等研究院的預定地，牛尾海畔的清水灣在朱校長的努力下，今後將成為香港學術領導中心。

「您是在怎麼樣的機緣裡接掌科大？」

「我本來在休斯敦大學主持一個兩百多人的德州超導中心，能夠以自己的興趣為終身職業是最快樂的事，來科大是偶然，至今想來有幾個促成的因素：（1）董事會副主席到中研院來遊說，對從未到過香港的我來說相當遲疑，之後又到加州來請，帶我見特首董建華，他們的誠意感動了我（2）當校長應該要能提升學校國際地位，這間大學是最有提升的可能。（3）我是大陸出生、台灣長大、美國工作，背景特殊，想想到香港可以為兩岸四地盡一份心力，化解三十多年來彼此的嫌隙與生疏。」

「成立高等研究院就是這個作用？」

「在香港地區已獲中文大學、香港大學兩校校長的支持，並計劃在深圳設立獨立研究院。初期架構預計延聘10名長駐教授、20名訪問教授、40名客座教授、60名博士後研究員，以科技的開創來發展兩岸四地的關係。」

又是一幅藍圖展現在眼前，朱校長為實現理想努力奔波、專注謀事的精神令人敬佩，原來成功是不放棄任何可能的機會。很想知道如果時光倒流，朱校長會不會有不同的選擇？

「如果當初大環境像今天這樣，我可能會選擇留在台灣，我學成後回國沒有事做，才又回到美國。不過興趣還是物理，不會改變。我的志趣決定得早，是受家父的影響，家父是美國華僑，學機械的，抗日時回國，鼓勵我們學機械。我從清水小學、清水中學、成大、加州，一路上來遇到許多影響我可敬的老師。尤其是清水中學的六年，是我人生最美好的回憶。」

「給清中學弟妹一些勉勵吧！」

「年輕人要有理想，不應太實際。年輕有限，要海闊天空的築夢，並極力使夢想成真。在科系的選擇上要以興趣為主，有興趣才能得到滿足，再苦也甘之如飴。」

「對清中有什麼期待？」

希望清水高中多多培養能為社會做事的人，今天我能做到的，相信學弟妹也能，要看重自己，立定志向，實現夢想。

　　兩小時轉瞬即逝，健談的朱校長不得不收起話匣子，準備下一個行程。我整理著手邊有關科大的資料，發覺他們招收的學生很優質。其中10%的名額開放給外地，主要來源是中國大陸，錄取的學生有40%是清華、北大的程度。告別時朱校長反覆強調科大的五項重點研究領域：（1）奈米科技（2）生物科學及生物技術（3）電子學、無線通訊及資訊科技（4）持續發展能源及環境科學（5）工商管理教育及研究。

　　感受到朱校長的辦學熱忱及席不暇暖的投注，深悟成功是需要擇定目標，奮力籌謀，全力以赴而不容稍有懈怠。

畫展

邀畫

是藝術家的本真？還是對母校的眷念？或許根本就是「清中畫室」神奇的魔力！

於慢條斯里慵懶生性的背後，隱藏著的迅雷不及掩耳的速戰速決因子，在邀畫的過程裡被高度的成就。一聲一聲斬釘截鐵的「好」，總讓我懷疑的錯愕三秒鐘，怎麼這麼容易就完成了，三天就已邀齊作品。

花束攝影那裡是藝術家最大倉庫，號稱「愈夜愈美麗」，閒暇偶爾去坐坐，總是撐不到美麗時刻就被自己的習性制約回家了。這回跟著也是被制約的李主任前去，拿了一串名單回來，打電話、網路搜尋、美術館查詢，天羅地網鋪天蓋地的追擊，像水滸傳裡一百零八個好漢，一個牽著一個出場，還有自告奮勇幫著找的。

與其說被畫室的深情感動，不如說是被這股龐大的薪傳網絡震懾了，一股沉靜的藝術氛圍在清水高中深耕潛藏很久了，默默傳承著藝術衣缽。在寫清水高中特色的時候，一直懸在心裡放不下的就是這一塊神秘的區域，它並不張牙舞爪的跟你要什麼，卻一直默默的以高度成就回報母校，正是謙謙君子的含蓄，一不小心就被忽略忘懷了。

　　用心做一件值得做的事，集合藝術家的本真，完成一幅不一樣的清中水墨。在久遠的時空綿延裡，有一處你不須費心的學習區域，神奇的創造升學之外的成果，清水高中的特色早已默默存在，一年半載急功近利的扭曲表象豈能與之同日而語。

畫心

　　從BEING spa出來已是萬家燈火炊罷當歇之時，心裡懸著畫展，回程便繞到花束攝影找人，想再多挖一些書畫家共襄盛舉。

　　不打烊的藝術家倉庫，人自來自去，寂靜的街道上亮燈的店舖已不多了，頓然少了日間的塵煙雜遝，夜幕把街道修飾得清幽深邃。跟著林去把書法大師洪接來，不但挖到了更多藝術家，還意外尋獲紀有泉老師的作品，真是「踏破鐵鞋無覓處」啊！

　　一頭栽進畫展的領域，不由得牽動專注執著的生性，辦畫展焉能不出畫冊？此番60周年總動員何時可再？翻著手上藝術傳家堡1997的藝品拍賣畫冊，看到校友李惠芳的大作，最感動的就是這位已上蘇富比拍賣會的傑出校友，當我展轉從台北市立美術館尋得電話聯絡時，不但一口答應參展，還給了我遍尋不著的「老鬍子」的電話。周義雄老師也是一片和藹，就看我們的車子能裝下他幾件作品。

　　在工作裡得到的感動是最大的鼓勵，一步一步深入的走下去，執著的生性只怕做不好，不怕做多少。不久的將來，當可出任藝術家倉庫總管，管著「愈夜愈美麗」的半壁江山……終究還是熬不過子夜時分，再濃的茶也撐不開沉重欲睏的眼，起身告退，沒入深夜沁寒的微雨中回家。

22,2月,2006

享受工作的過程

工作的樂趣,在於它的過程是有趣的,在於能夠享受過程以減輕壓力。

籌備畫展,偶爾會有心餘力絀的擔憂浮上心頭,但是很快就被無可救藥的享樂習性驅逐,因為很容易就發覺工作中好玩的一面。

清中畫室造就出的藝術家一個一個的出現,我的朋友就一天比一天多。「見面三分熟」的個性很快就與大家打成一片,一點都不像「今天才認識」,許是大家都是生性相近,機心不用,自來自去毫不勉強,很有陶潛醉後語客「我醉欲眠卿可去」的任真無偽。

今天終於找到畫室靈魂人物「老鬍子」,程東白校長的兒子,全人中學的創校校長,在電話裡居然一見如故的講了三十分鐘,給了許多寶貴意見。這次辦畫展真的是「做中學」,邊做邊學邊修正,一介藝術的外行焉能不虛心求教?

昨日從蔡篤坤那學到布置畫展的要點,「畫與畫之間的距離不要太近,一般畫展一呎的距離太擠了點,畫的旁邊若有作者簡介,質感會好一點」,今天李惠芳教我「燈光要與畫裡的光源同向,才能顯出畫的立體」……

莊子謂「生亦有涯,學也無涯」。昨日至同濟堂醫生把脈斷診「妳老化得慢,壽命會長」,生雖有涯卻耐熬,不學個十八般武藝怎生排遣?

狷介

　　藝術家多狷介，乃因有所不為也……

　　因著蔡篤坤的介紹，昨日晚餐後走訪童培炎，這位清水中學初中部最後一屆的校友，是藝術家倉庫的陳年老友。

　　走進童老師家，像是誤闖賈寶玉的書房。一張大大的寫字桌佔了一半的空間，文房四寶在側，似乎隨手即能揮毫。牆上閒閒的張掛著幾幅字畫，彰顯著主人的儒雅淡泊。慢開的紅梅在燈影裡掩映生姿，為書房添了一絲絲柔韻。推開左手邊的門，是一間配備著投射燈的收藏室，陳列著童老師典藏的名家書畫。

　　在塵煙雜遝車水馬龍的中山路邊，竟能鎮守一方寧靜，不禁脫口讚嘆「大隱隱於市」。童老師數十年來僅寫字、教字，並不熱衷參加比賽，能寫豪邁的大字，也能寫娟秀的小字，才氣在字裡行間遊走，不經意的帶出一點點「揚州八怪」的灑脫。

　　一壺陳年鐵觀音老茶，融釋了初次見面的生疏，談著畫展，談著人生是非，恍眼已是二更天，雖意猶未盡卻也不便叨擾，遂起身告退，懷抱著佈展的期待離去。

﹝02，3月，2006﹞
典藏美感

在美感經濟的時代，美可以典藏，可以從畫裡走出來，走到日常生活的應用裡。

畫展進入取畫階段，北部的作品由於路途遙遠就委託專業運送，中部地區就請徒弟支援取畫配備親自前往，為的是向素未謀面的藝術家們致意，感謝他們共襄盛舉。

按照事先計畫的路程，從文心路、柳川東路、烏日、藝術街、沙鹿、大甲、外埔一路取件。在搬畫的過程裡，我看到咖啡杯、餐盤、花布、燈罩、餐墊、地毯……琳瑯滿目的日用品從畫裡跳出來，滿地打滾的向我招手，畫不該只是侷在框架裡靜靜的擱在牆上寂寞。

柳川東路的紀宗仁是第十屆校友，擅長現代畫，有極好的市場，特別叮嚀我不要印一本讓人丟到垃圾桶的畫冊，這也是眾畫家們一致關心的事。翻著紀宗仁的精美畫冊，我募款的擔子更重了，沒有30萬做不出這樣的質感，我也真喜歡這樣的畫冊。

這些日子來雖然累到恍神毀了車子，卻很高興認識了許多可愛的朋友，很高興一件一點也不在行的事從不懂、略懂到儘量懂，好像是在跟挑戰競賭，賭誰先達成任務，我……就快走到了……

佈展

　　日子緊鑼密鼓的敲了一個月，邀畫取畫的戲碼已唱完，下一齣叫做「佈展」……

　　繁瑣的畫展說明牌、作者簡介、投保明細，分別由碧婷、鳳如幫著做電子檔。我則猛打電話、狂call手機催促遲交的相片、作品，免得誤了畫冊印製。

　　美通印刷是大家認可的畫冊專業廠商，畫家對顏色的敏感與挑剔，嚴苛到不容許一點點色差，在專業為大的前提下，就依了他們。只是募款辛苦些，但能留住美好的記憶，也值得了。

　　今天去藝術中心商議佈展、開幕事宜，為88件作品設計最妥善的安置。開幕茶會設在雅書廊，開闊的戶外廣場，收納著三月暖暖的陽春煙景，當可彌補展場侷促之不足。

　　藝術中心全力協助，給我充分的時間佈展，15日戲碼開唱，一幅一幅的畫作即將登場，看看24日開鑼的「清中畫室薪傳美展」，在觀者的眼眸裡留下何種風情。

◖19，3月，2006◗
苦力

　　佈展需要的是苦力，我和月明以圖書館委員會議的美美妝扮臨場，三分鐘後就把高跟鞋踢在一邊，赤著腳滿地跑…….

　　第二天就學乖了，牛仔褲、平底鞋，帶著月明、敏輝、鳳臨、昌松一起做苦力。展場的先天條件不足，需要66塊展板補強，其中46塊用來封窗，封窗極為吃力，至少要3個苦力，2人舉板1人掛板。從搬運展板到掛好需要3個半天，目前已用掉兩個半天，星期一藝術中心休館，要星期二才能掛板完工，接著才是掛畫。

　　三個壯丁負責封窗，我和月明就伺候要立在地上的12塊展板。兩個人加起來也沒幾兩力氣，乃使出拖、拉、踢、踹……各種省力法讓展板就定位，就這麼一高一矮的呈現著有趣的協力畫面。

　　從「不知畫展是什麼阿物」，到「原來如此這般」，邊學邊做邊出狀況，需要的東西愈來愈多，預算節節攀昇。畫展不只掛好作品，一幅畫還要一盞投射燈，簡陋的展場無此設備，燈與接電源線都要外租。能不能不要燈？不行！不能輕慢重量級的藝術家們，更不能低落畫展的品質，雖外行，也不輕易貽笑大方。今日若草率為之，他日想再邀畫難矣。

　　連夜台北趕回，為的是明天要到藝術中心油漆展板，白色的

展板用完了，要把12塊黑色展板漆成白色。年輕的時候常漆家裡的牆，乃是要滿足兩三歲的孩子牆上塗鴉的嗜好。為了保持客廳牆面的清潔，就規定只能塗自己的房間，不多久牆就塗滿了，於是刷一層水泥漆再繼續塗，直到孩子厭倦。

　　人總有厭倦的時候，有時是喜新厭舊，有時是心力交瘁，更或是傷了感情死了心。我並不厭倦這個工作，只是厭惡工作中受到的傷害……

【27，4月，2006】

卸展

「一鼓作氣，再而衰，三而竭。」卸展是整個工作的最後階段，比照「曹劌論戰」已是走到第三鼓……

很久沒有下班回家倒頭就睡的情形，這兩天力氣用盡，這次第，怎一個累字了得。

拿著行事曆敲時間，想把書展、畫展的時間錯開來以免累翻自己，最後還是月考為大，以最不影響學生為考量，兩個工作只好軋在一起結束，先卸展，再點書。

收拾一場繁華無疑是一個噩夢，元氣大傷，懷疑自己可有捲土重來的勇氣？根據人性健忘論，也不是沒有可能，只不過需要一段時間遺忘罷了。

卸展總共6人，帶著登華、月明、淑汝、敏輝、昌松一起作苦力，用了兩綑氣泡紙打包88件畫作5件銅雕，據說那是藝術中心半年的用量，感謝佩如不吝支援。

在親力親為的恐怖領導下，造就了圖書館包裝達人，只見月明ㄍㄨㄚㄘ兩下俐落的封貼，登華忍著腳痛搬運……就這樣女人當男人用，男人當超人用。最高難度的是拆懸空的銅雕，外借3個超人，連拆燈的水電工也下場了。勞力的透支是事前沒有預估的狀況，大家是咬著牙走完最後一步。

北部的作品下午1點上車，中部的打包至下午5點方歇，運費

太貴，最後還是勞駕徒弟費力相送，兩天下來，體力耗盡，明日又得北上應試，一切只有盡人事聽天命了，如今連怨尤的力氣也無。

《01，9月，2007》
創意展

這是篤釗的個展，嚷嚷了三五個月終於在清水鎮立圖書館順利推出了。

晏起的週末午後，想起今日篤釗開始個展，速速關了電腦收拾打扮出門。這樣的暇時

不多，等政大開課後就難得social，想東晃晃西逛逛也是不成的。

上回去篤釗家，看到地上豎著一面面老舊的菜砧、洗衣板，知道他是玩真的，不覺大大讚賞他有創意，能經營出特色。今日現場瀏覽，感覺還真有可開發的市場，這些作品很適合裝潢個性商店。拿出預先備好的相機拍照，跟他說要放在我的部落格裡。

玻璃櫥窗裡幾幅竹簡書法吸引了我，在竹簡上寫字要先經過殺青才能入墨，一偈六祖慧能的漢簡禪詩勾魂懾魄的引我墮入戚戚哀慟。「菩提本無樹，明鏡亦非臺，本來無一物，何處惹塵埃。」怎會不懂開釋的道理呢？只是肝腸寸斷的程序一步也不能省，總是得摧心摧肺的——痛過才能回神，一點也不少於絳珠草還神瑛侍者的淚水⋯⋯

「我也想開個網站或部落格」「你家有沒有電腦？」「有啊都是兒子在用」「改天我去你家看看幫你開個部落格，你的作品可以收在相簿裡或插入文章中，我再把你的部落格連結到我這裡，就像篤坤藝術一樣」。

　　日前政大「科技領導」第一堂課上，老師竟以我的部落格示範講述了30分鐘，我既靦腆又竊喜，真是無心插柳啊！當初寫部落格只當做是業務責任，既然辦了研習就要做示範，版面上沒有文章了就趕快丟一些，於是我和登華就輪流維護著版面不荒廢，他寫資訊技術我寫文藝。寫著寫著就成了習慣，從此乾脆不寫紙本日記，上網開了好幾個部落格丟不同的東西……很快兩年過去了，累積了百多篇文章，老師鼓勵我出書，想到淑敏的語資班師生共同出了一本書，不覺躍躍欲試，這樣也好，免得淹在淚缸裡糜爛……

電

影

雲端的城堡

再卑微的人都有夢想。歌劇「悲慘世界」裡，小柯賽特的夢，築在雲端的城堡。

小柯賽特是金字塔的最底層，能夠三餐溫飽免於困苦，是底層眾生的夢。底層的夢想大多可獨立達成，各自享受，因其無礙乎他人利益。金字塔愈往上走，愈難獨立完成夢想，頂端，需要堅固的基層鞏固，基層與你同夢，才甘願為你鞏固，金字塔的完成，在於眾人效力於一個能夠替他們圓夢的人所致。

雲端的城堡，築在個人利益上，是芸芸眾生之小夢，走不到金字塔的頂端，上不了青史簡冊。即使攻城掠地的拿破崙或成吉思汗，也要集合眾人的雄心壯志才得開疆闢土。所以成大功立大業者，乃在完成眾人之理想，非為成就一己之私也。

「民之所欲，可在你心？民之所怨，爾等可聽？」……「悲慘世界」裡這麼唱著。卑微的人期待天使，掌權的人卻看不見撒旦，撒旦不會幫你看見眾生，只是利用你的夢完成一己私慾。你能說撒旦的慾望是眾生的慾望嗎？……看歌劇「悲慘世界」有感。

◀04,2月,2006▶

斷背山

　　「人生自是有情痴，此恨不關風與月」……李安又拍了一部好片，把一個尋常故事拍得賺人熱淚。

　　戲裡的傑克與恩尼斯真的從斷背山上下來了嗎？沒有……一直都沒有，只是「心為形役」的在山下過著社會制約的日子，直到境遷人亡。

　　他們處理感情的態度正像他們選擇的工作，恩尼斯在制約的隙縫裡呼吸，傑克則想方設計的實現重回斷背山的夢。面對人生的無奈，有人像恩尼斯一樣與現實環境掙扎，把苦揪在心裡；有人像傑克一樣冒險犯難，總想刺探制約之外的難度。方式不同，用心則一，正是「問世間，情是何物？直教生死相許」。

　　芸芸眾生在彼此的愛戀裡確立人生目標，實現愛裡的承諾，譜一曲幸福圓滿的樂章，就像斷背山上的傑克與恩尼斯，在單純的環境裡相依相需。你真的已看不到他們的性別，看到的只是在心裡掙扎的無奈的苦，看到恩尼斯妻女的深情，看到傑克父母細膩的懂。

　　「情到深處無怨尤」，愛可以成就一個人，毀人的不是愛，而是參雜在愛裡的貪婪與自私。宗教家剔除了貪婪與自私，化小愛為大愛。政治家則化貪婪與自私為權力慾，管理著眾生小愛之事……人，皆有所愛……

毀滅

好整以暇的打開電視看長片，久違的嗜好總算又重回生活裡……

基諾李維演的駭客任務，在這一集裡他終於見到造物主，造物主毀滅人類的預言，太像聖經創世紀裡的情節「耶和華見人在地上罪惡很大……就後悔造人在地上……說：『我要將所造的人和走獸……都從地上除滅……』唯有挪亞在耶和華眼前蒙恩」。

聖經情結是洋片的慣性，毋庸贅述。令人莞爾的是以「毀滅」處事的方式，原來上帝也有技窮的時候，這大概是神的人性面吧。在人性世界裡，啟動毀滅的是災難，災難裡最貪婪的人為因素是戰爭，啟動戰爭的則是慾望，慾望每每是毀滅的根源。

有為權力地位而戰的，有為名利聲望而戰的，更多人是為了小小的愛戀、得失，斤斤計較而戰。戰爭隨慾而生，慾望不得逞則毀滅隨之。或毀人之命，或毀人之譽，欲達目的往往無所不用其極。

基諾李維並不吃造物主那一套，選擇了自己的心向，如果同樣是毀滅，就選擇尊重自己的感覺，毀得也甘願。駭客任務在處理抉擇上不唱高調，沒有違背人情之常，可嘉。

◀30,3月,2006▶
一看再看

　　羅素克羅演的神鬼戰士，經得起一看再看……

　　羅素克羅演活了悲劇英雄麥柯希穆。當一個人的人生舞台在戰場時，就註定了失敗的命運，譬如西楚霸王項羽，譬如羅馬將軍麥柯希穆。失敗乃在於統帥者的人格特質迥異於權謀者，後者如漢皇劉邦，如戲裡的康莫德斯皇帝。

　　當麥柯希穆馳騁於競技場，改寫了迦太基模擬戰役的歷史時，你看到的不是血腥的斬刈殺伐，而是指揮若定、攻守自如的統馭氣魄，為之潸然動容，為之血脈賁張。同時也看到了悲劇的伏筆，在奴隸主人帕西蒙「贏得群眾就贏得自由」的目標走向下，引發了與英雄對立的權謀者陰狠的妒意。對一個只講戰術不諳算計的戰將，必須以生命才能搏回一夕失去的尊嚴，這樣的艱苦辛酸，旁觀者不免心生惻隱。所以當麥柯希穆大功告成倒臥競技場時，你會覺得就只有這樣了，就這樣結束是最恰當的，死亡是最大的恩典。

　　奴隸主人帕西蒙，是穿針引線的智者，是麥柯希穆人生的轉折與成就者，也是麥心靈死亡到肉身滅亡的引渡者，他的金玉良言支撐著麥的復仇情結，推動電影的故事節奏。

　　康莫德斯的人格特質，類似日常生活裡實際存在卻又最不想承認他存在的陰狠之輩，玩弄英雄於股掌，明目張膽的愚弄愛戴

他的民眾。其大膽張狂，草菅人命卻仍高高在上，正是西楚霸王所言「天亡我也，非戰之罪」。面對這樣的無力，旁觀者寧不大嘆：天乎！人乎！而竟已乎！

◖13，5月，2006◗
如畫的電影

　　看電影一向習慣從情節上去體會，很少去探索情節以外的層面，今天RGB課堂上，黃鎮洲老師帶來兩部如畫的電影，開拓了影評的視野。

　　第一部是法國片「奪命解碼」，在看片之前黃老師先讓我們看17世紀畫家林布蘭登的畫，他的每一幅畫裡都像打了燈光，在沒有燈光的17世紀是不可思議的想像力。這部法國片裡用的燈光跟林布蘭登的畫一模一樣，並且每一個場景都處理得像一幅油畫，為偵探片裡血腥暴力的場面增添了一絲絲幽闃鬼魅的神秘氣氛。

　　第二部是日本片「忍」，改編自漫畫，畫面極唯美細緻，像印在月曆上的風景畫，羅密歐與茱麗葉似的情節，更增加了抒情唯美的張力。這樣的影片極易讓我情隨境生，為片中的忍者掬淚。人萬萬不能淪為權謀者的工具，一旦無用武之地，必是「鳥盡弓藏、兔死狗烹」，難免一死。如劉邦之對待開國功臣蕭何、韓信，恐其功高力強威逼君位，掌權者的狹隘多疑最後就是殺人利己。

　　掌權者若喜聽狹隘多疑之言，往往只是遂了居心叵測者之願，打擊了忠心從事之人。明日人不願再為其賣命，非為事情辛苦，乃是辛苦一陣還遭其質疑。所謂士可殺不可辱，是可忍孰不可忍？何「黃鐘毀棄瓦釜雷鳴」之若甚？

香水

　　葛努乙研發了可以控制人類心智的香水，最後卻因發現自己是沒有味道的人而捨棄了掌控人類的能力……

　　這是一部德國作家徐四金的原著小說改編的電影，極富創作張力，如果要從驚悚變態的角度去探討，必定會掩蓋了隱藏在嗅覺靈性裡的「人的味道」，我比較喜歡從「人味」的層面去體會「香水」的涵義。

　　先是看小說，被徐四金塑造的人物形象深深吸引，決定買DVD珍藏。葛努乙一心一意要萃取人體的香味，強大的執著力策動了泯滅人性的行為而不悔，我看到執著的毀滅性大於人格的變態狂，把葛努乙歸於變態是窄化了生性，有比變態更高層次的魔障名之曰「沒有人味」。

　　葛努乙沒有人味表現在兩個層面，一是打從嬰兒起，他的身體上聞不到一點屬於人的味道；二是他的所作所為不從人的層面思考。活著乃是滿足嗅覺之極致，殺人是為了要保存香味，在他看來人跟玫瑰花瓣都是為香氣而存在，於是殺人就是有其需求邏輯性。我覺得精采的不是在他如何保存人的體味，而是在他被送上斷頭台的創意。一個連續殺26人的兇手一刀斷頭就太稀鬆平常了。徐四金擺脫了人頭落地的傳統手法，更高層次的運用「出乎爾者，反乎爾」的「以其人之道還諸其人」的方式來處理。

　　斷頭台上葛努乙灑出的香水味造成全場淫亂，乃是在突顯他香水師無可取代的神位。當他因此而免於斷頭之後，卻猛然驚覺他聞不到自己的味道，他是一個沒有味道的人，他發明了可以掌控人類的香水，卻不能夠使別人愛他，他也不能夠愛別人，掌控全世界的意義在哪裡呢？最後的死真是經典，沒有人味的人也要死得沒有人味，徐四金在捍衛人性的尊嚴，在撻伐沒有人味的人。葛努乙最後把可以掌控人類的香水灑在自己身上，他身旁的人立刻發現了這個可愛的生物，蜂擁而上的把他吃了，事後若無其事的就像他當初連續殺人一樣。真是天才徐四金，不聲不響的就宣判了人性，沒有人味的人異於禽獸者幾希？

國家圖書館出版品預行編目

精靈的足跡：游於藝 / 卓子瑛著. -- 一版. --
臺北市：秀威資訊科技, 2010. 05
面；　公分. --（語言文學類；PG0349）

BOD版
ISBN 978-986-221-438-1（平裝）

855　　　　　　　　　　　　99005080

 語言文學類　　PG0349

精靈的足跡——游於藝

作　　　　者 / 卓子瑛
發　行　人 / 宋政坤
執 行 編 輯 / 邵亢虎
圖 文 排 版 / 鄭維心
封 面 設 計 / 大漠印刷設計
數 位 轉 譯 / 徐真玉　沈裕閔
圖 書 銷 售 / 林怡君
法 律 顧 問 / 毛國樑　律師
出 版 印 製 / 秀威資訊科技股份有限公司
　　　　　　台北市內湖區瑞光路583巷25號1樓
　　　　　　電話：02-2657-9211　傳真：02-2657-9106
　　　　　　E-mail：service@showwe.com.tw
經　　銷　　商 / 紅螞蟻圖書有限公司
　　　　　　台北市內湖區舊宗路二段121巷28、32號4樓
　　　　　　電話：02-2795-3656　傳真：02-2795-4100
　　　　　　http://www.e-redant.com

2010 年 5 月　BOD 一版
定價：280 元

・請尊重著作權・
Copyright©2010 by Showwe Information Co.,Ltd.

讀 者 回 函 卡

感謝您購買本書，為提升服務品質，煩請填寫以下問卷，收到您的寶貴意見後，我們會仔細收藏記錄並回贈紀念品，謝謝！

1. 您購買的書名：_____

2. 您從何得知本書的消息？

　　□網路書店　□部落格　□資料庫搜尋　□書訊　□電子報　□書店
　　□平面媒體　□ 朋友推薦　□網站推薦　□其他_____

3. 您對本書的評價：(請填代號　1.非常滿意 2.滿意 3.尚可 4.再改進)

　　封面設計____　版面編排____　內容____　文/譯筆____　價格____

4. 讀完書後您覺得：

　　□很有收獲　□有收獲　□收獲不多　□沒收獲

5. 您會推薦本書給朋友嗎？

　　□會　□不會，為什麼？_____

6. 其他寶貴的意見：_____

_____

_____

_____

讀者基本資料

姓名：_____　年齡：_____　性別：□女 □男

聯絡電話：_____　E-mail：_____

地址：_____

學歷：□高中(含)以下　　□高中　　□專科學校　　□大學
　　　□研究所(含)以上 □其他_____

職業：□製造業 □金融業 □資訊業 □軍警 □傳播業 □自由業
　　　□服務業 □公務員 □教職　　□學生 □其他_____

請 貼
郵 票

To：114

台北市內湖區瑞光路 583 巷 25 號 1 樓

秀威資訊科技股份有限公司　　　收

寄件人姓名：

寄件人地址：□□□

- -

(請沿線對摺寄回,謝謝!)

秀威與 BOD

BOD（Books On Demand）是數位出版的大趨勢，秀威資訊率先運用 POD 數位印刷設備來生產書籍，並提供作者全程數位出版服務，致使書籍產銷零庫存，知識傳承不絕版，目前已開闢以下書系：

一、BOD 學術著作—專業論述的閱讀延伸
二、BOD 個人著作—分享生命的心路歷程
三、BOD 旅遊著作—個人深度旅遊文學創作
四、BOD 大陸學者—大陸專業學者學術出版
五、POD 獨家經銷—數位產製的代發行書籍

BOD 秀威網路書店：www.showwe.com.tw
政府出版品網路書店：www.govbooks.com.tw

永不絕版的故事‧自己寫‧永不休止的音符‧自己唱